Asesinato
en la Isla de los gansos

T

Asesinato
en la Isla de los gansos

Elantz Gamboa

EDICIONES B
GRUPO ZETA

Barcelona · México · Bogotá· Buenos Aires · Caracas
Madrid · Montevideo · Quito · Santiago de Chile

Asesinato en la Isla de los gansos

Primera edición, mayo de 2011

D.R. © 2011, Erlantz Gamboa
D.R. © 2011, Ediciones B México S. A. de C. V.
Bradley 52, Col. Anzures | 11590 | México, D. F.
www.edicionesb.com.mx
editorial@edicionesb.com

ISBN 978-607-480-163-7

I

El lejano ruido de un motor indicó que una lancha se acercaba. Judit salió al porche alertada por el sonido, e inspeccionó el minúsculo embarcadero de madera. No atracaba aún en la isla la persona que Judit esperaba.

Los altos árboles, que envolvían la cabaña bajo sus frondosas copas, impedían que desde aquel punto se contemplase en plenitud la bahía. Sin embargo se avistaba un bote anclado en aguas poco profundas, con sus dos ocupantes pescando. Era la escena más común del pueblo en aquella hora.

La mujer paseó la mirada por los cuerpos semidesnudos, sudorosos y bronceados, durante largos segundos. No distinguía sus rostros, si bien le hubiera sido imposible reconocerlos, diferenciarlos de tantos idénticos del diminuto puerto costero. La visión de los músculos, de la transpiración que les bañaba, le causó un sobresalto. Esa sensación era fruto de las horas de dieta sexual, de abstraerse en su privación ignorando, a ciencia cierta, cuándo acabaría.

Había asimilado la etapa sexual por la que transitaba, y sancionado como inevitable la obtención de placer en solitario. Recluida en la jaula forestal, rodeada por un mar preñado de susurros, absorbiendo el hechizo de la luna llena en un cielo azabache, empequeñecida por la vastedad de su entorno, renunciaba al resto del mundo y se entregaba al deleite individual con sus manos como único instrumento. En el barandal, por las noches, vigilaba las luces de las casas pendientes de las rocas, inventando la historia de cada cama, y viéndose en cualquiera de ellas entre los brazos de uno de los musculosos pescadores, quienes no eliminaban la cópula diaria por una mala racha en los aparejos. Nunca satisfecha, pero agotada, se retiraba al interior y dormía envuelta en más ficciones eróticas.

Los tripulantes del bote izaban la red que oponía gran resistencia, pues en ella se amontonaban las mojarras, coleando en su afán de permanecer en el agua. Los destellos de sus escamas, al exponerse al sol, se fundían con el de los lomos de las olas, enviando claves Morse a los ojos de Judit.

—Muy hermoso, pero no tanto si se disfruta a diario —musitó la mujer.

Se agachó hasta asentar el mentón en el barandal de madera. En tan reiterada postura dispuso un túnel en la enramada por el que pudo apreciar el pueblo y gran parte de la bahía.

—Le he dicho mil veces que mande cortar estas ramas —dijo otra vez en solitario.

La costumbre del soliloquio se originó como consecuencia de su enclaustramiento en la isla, y servía como sedante en los prolongados días de aquel verano. Pretender que alguien invisible escuchaba sin protestar, le infundía la sensación de compañía y ahuyentaba sus miedos. Al principio se le antojó ridículo, por lo que refrenaba la necesidad de hablar en voz alta, pero pronto recibió beneficios de tal hábito, pues el acompañante fantasma oía sin replicar. Con él se explayaba a sus anchas, trasmitiéndole secretos que en nadie se atrevería a depositar.

Jorge aparecía los fines de semana, y esporádicas veces

los días de labor, pero no constituía realmente el interlocutor adecuado. El hombre era locuaz, entusiasta en sus disertaciones, mas no un solícito oyente. En cambio, el acompañante invisible tenía las cualidades que faltaban en el esposo ausente: mudo y con las orejas siempre atentas.

—Es Carlota —le dijo de pronto a su fantasma al ver en la lejanía una lancha que se acercaba.

La embarcación se aproximaba sin prisa. El motor producía un sonido inconfundible. Debía mandarlo afinar, quizá reparar, pero a la excéntrica escritora le agradaba que aquella estridencia la precediese y anunciase.

Judit bajó por el camino empedrado. Las lluvias de las tardes lo habían pulido, por lo que resultaba peligroso apresurarse. Su continuo deambular de la casa al muelle, y viceversa, habían convertido aquellas losas en algo íntimo: conocía específicamente el tamaño de cada una, la rugosidad de su superficie, si se movían o estaban firmemente sujetas por la hierba y la tierra.

Desde el embarcadero se veía el pueblo, con sus casas blancas colgando de las colinas asomadas a la costa. Los tejados rojos u ocres contrastaban con el furioso verdor del trópico y el azul plateado del mar. Allí vivía Carlota colindando con el agua, consumiendo las horas en escribir ante los crepúsculos carmesí o frente a las plomizas nubes en las tardes de tormenta. La barca era su medio de transporte para distinguirse de los amantes de las ruedas. Se trataba de una fobia a las carreteras estrechas y serpenteantes de la costa, ínfimas al compararlas con la amplitud del océano. Sentía plena libertad navegando hasta Balboa, a escasas dos millas náuticas, localidad abrigada en el recodo del morro. Asimismo al habitar una casa suspendida en el acantilado, emergiendo del arrecife carente de acceso a vehículos rodantes. Utilizaba la lancha para ir al muelle de Cabogrande, a Balboa o a visitar la Isla de los Gansos, la propiedad del extravagante Jorge Alcántara y su aislada esposa.

Judit alzó el brazo, saludándola. Carlota le respondió de la misma forma, sin soltar el timón. Cerró el paso de la gasolina y el escandaloso motor cesó de divulgar su estruendo. Empujada por las olas y la inercia del bote, se emparejó al embarcadero.

La dueña de la isla revisó su aspecto. Sabía que su amiga no se preocupaba por la apariencia, pero ella representaba a la esposa de un hombre de empresa y como tal debía lucir. El pelo corto, negro, lacio, enmarcaba un rostro redondo, con facciones agraciadas. Sus ojos negros eran voluminosos, vivos, expresivos y saltones. Parecía insinuarse cuando los fijaba en quienes tuviera enfrente. La nariz pequeña, graciosa, apenas destacaba de las coloradas mejillas. La boca era diminuta, realzada por labios abultados, carnosos: lo más notorio de su fisonomía. A los veintiséis años, la opulencia de su cuerpo se acentuaba debido a la mediana estatura. Las dilatadas horas de tedio, idóneas para comer y beber, habían propiciado que subiera de peso, el cual se reflejaba en caderas y busto. Gustaba a los hombres de Cabogrande, pues sus curvas eran, todavía, más tentadoras que excesivas; aliciente y no estorbo.

Carlota saltó a las tablas chirriantes del embarcadero y amarró su bote con ademanes masculinos aprendidos de los fuertes muchachos del puerto. Ella era la imagen opuesta a su amiga. Si bien comía a todas horas, ajena a dietas, y bebía bastante, no aumentaba de peso. Al estar sola mascaba tenazmente, máxime en los ocasos que invocaba inspiración buscándola en las olas de crestas argentinas y en el fondo de una copa, mas la grasa se rehusaba a afianzarse en su cuerpo. Era alta y delgada, de complexión huesuda. Su anatomía le permitía usar cualquier ropa, ya que todo se escurría de sus hombros como de un perchero. Su rostro, a los treinta y tres años, era bello, enigmáticamente hermoso. Los ojos grandes, de color gris azulado, eran más o menos claros según la hora del día; la nariz recta, romana, aunados a la boca grande, de labios finos, sobriamente perfilados y nada pintados, favorecían que la faz resaltase del resto de su ser, desdeñando sinuosidades. Su cabello largo, rubio, desaliñado, caía por la espalda, o, a veces, sobre el busto casi inexistente. Al igual que su amiga, ella llamaba la atención, aunque a hombres con fantasías menos "frondosas".

—Pensé que no vendrías —dijo Judit como saludo.

—Te prometí comer esas cosas que guisas.

Se besaron en las mejillas. Judit miró detenidamente a su amiga, analizándola y ésta observó la casa tras los árboles, para certificar que seguía en pie.

Judit constantemente se fascinaba con la ropa de Carlota, de su indiferencia en el vestir, de lo poco que le afectaban las modas. Ella, a pesar de la soledad y de que nadie la admirase, se cambiaba dos veces al día por el placer de examinarse en el espejo. Advertía que engordaba, ya no podía encajarse en pantalones ceñidos, pero insistía fervientemente en el espejo. Por tal afición, y esperando visita, se metió en su vaporoso vestido azul escotado, sabiendo que tal atuendo no era propio para una isla vacía; Carlota lo notaría.

La escritora, por práctica añeja, se puso lo primero que encontró: un pantalón viejo, raído y sucio, liviano y ventilado por algunos agujeros. Lo acompañó con la blusa roja desteñida, aquélla a la que tenía tanto cariño. Debajo llevaba su traje de baño, la prenda en la que se sentía cómoda, segura de sí e íntimamente incitante.

Judit desaprobó la indumentaria de la escritora inspeccionando a Carlota de arriba abajo, luego la tomó de la mano y la condujo a empellones por la cuesta empedrada.

—Es mi única diversión —la dueña de la isla se refería al

arte culinario, como respuesta a una pregunta cotidiana no exteriorizada— Y luego me lo como todo para no tirarlo al agua.

—Sería criminal asesinar así a los pobres peces. Mejor si a tu amiga le provoca indigestión o, incluso, logras envenenarla.

—¡Qué cruel eres!

Judit se desprendió de la mano de Carlota, simulando enojo. La invitada pasó su largo brazo izquierdo por los hombros de la molesta, estrechándola contra su costado.

—Ya sabes que es broma —dijo—, yo soy incapaz de abrir una lata y no sé cómo funciona un horno.

—Así estás. Pareces esqueleto.

—Lo prefiero a esto —tocó la cintura de Judit— Pero no engordaría ni con todos tus guisos.

—Comes todo frío: bocadillos y bocadillos.

—Es el tope de mi arte culinario: abrir un pan y ponerle cosas dentro. A veces, como castigo a mi torpeza, mezclo ingredientes raros de sabores dispares.

—¿Y te lo comes?

—Yo sí tengo compasión de los peces.

Judit soltó una carcajada, exhibiendo su dentadura perfecta, original. Carlota sonrió levemente, encubriendo algunos dientes postizos.

Llegaron al porche. La madera, reseca por el inclemente sol del trópico, crujió bajo sus pies. Al atardecer se hinchaba bajo la lluvia torrencial juntando sus tablas, callando sus chirridos. Luego se contraía durante el día adquiriendo sonidos nuevos, pudriéndose sin remedio, proclamando que no sería eterna, al contrario que la costa, el mar y el cielo azul de cada mañana. Carlota, fiel a su rito habitual, se apoyó en el barandal y oteó hacia el puerto. Conocía el entresijo de las ramas, el túnel entre ellas y la necesidad de podarlas.

—Me cautiva tu isla —dijo— Sería ideal para mí.

—¿Por qué no me acompañas mientras él…?

—Porque me apetece estar sola la mayor parte del tiempo, primordialmente en la noche. Además debería ir a mi casa cuando Jorge se presentase, y no me agradan las mudanzas.

—A él no le importaría.

—Pero a mí sí. No soporto a los hombres, a no ser… —comenzó a reír, enseñando los dientes amarillentos por la nicotina— Bueno, tú sabes.

—No, no sé. Siempre que los mencionas no entiendo lo que dices. ¿Algún día me lo explicarás?

—Algún día…

—Al menos eso prometes.

—No creas que hay mucho qué confesar en lo que concierne a ese tema. No dan para muchos capítulos, apenas los de relleno.

La escritora entró en la casa con pasos ligeros. Era una cabaña de madera, de dos pisos, amueblada con elegancia funcional, exenta de vanidades. Una estancia grande, sala y comedor, un baño y la cocina, única pieza moderna de la casa, ocupaban la planta baja. Arriba había dos habitaciones y un gran baño. Excepto la cocina, las paredes mostraban los maderos que conformaban las paredes. El suelo era, igualmente, de duela. El tejado, a dos aguas, tenía pizarra, imperiosa para los profusos y caudalosos aguaceros del verano, pero lucía su armazón de troncos en el interior.

—Además —dijo Carlota—, no me seducen las cabañas.

—Creí que a los escritores les encantaban.

—A mí no. Antepongo cemento y vidrio. Cuando la tormenta azota, me sentiría desprotegida en una choza como ésta.

—Los árboles nos resguardan.

—Y se vienen encima, a veces.

Carlota se hundió en el sofá despacio, con estudiados movimientos, estirándose completamente al contacto con la tela floreada. Levantó una pierna, larga y delgada, y la posó lentamente en uno de los brazos del mueble. Luego, fingiendo un gran esfuerzo, lo hizo con la otra.

—Estoy exhausta —confesó—, anoche casi no dormí.

—¿Tu novela?

—No —susurró—, aunque sí algo asociado con ella.

Judit se sentó en la alfombra frente a la escritora, con las piernas recogidas y entrelazadas. Atendía solícita a su amiga, sintiendo un irresistible embeleso por todo lo que ésta dijera. Para ella, excluida del mundo, y no únicamente en el período vacacional y de encierro, Carlota emanaba la fragancia de lo ignoto y enigmático.

—¿Por qué eres la perpetua misteriosa? —preguntó.

—Para pagarte con idéntica moneda. ¿Acaso me haces confidencias de tu vida?

—¿Qué vida? ¿Tengo yo una vida? No hay nada que contar. Puedo hablarte de los pasos de largo y ancho de esta isla, enumerar los árboles y… poco más.

—Todos ocultamos algo.

—¿Por qué no nos sinceramos? —Judit se acostó en el suelo boca abajo, sujetando el mentón entre ambas manos. Garantizaba que si Carlota aceptaba, resultaría beneficiada, ya que la escritora tendría mucho, y jugoso, que relatar.

—Me parece buena idea; pero me urge algo de beber y un poco que masticar. Anoche olvidé echar bazofia a mi estómago y esta mañana no localicé nada digerible.

—¡Ahora mismo! —Judit abandonó su cómoda postura sin apenas disfrutarla, y se dispuso a correr a la cocina— Pero prométeme no recurrir a tus adivinanzas y frases abstractas.

—Primero tú y luego…

—¿Por qué yo?

—Estamos en tu casa.

—Saco en claro que no le aguantas —estableció Carlota, a la vez que expulsaba, rumbo al techo, una bocanada de humo.

Una botella vacía, a los pies del sofá, que contuvo vino blanco del Rhin, había desatado la lengua de Judit. Vertió en los solidarios oídos de la escritora, el fracaso de su matrimonio y su tediosa relación con Jorge. Por su parte la oyente no había destapado aún parte alguna de su intimidad.

—No es vida —dijo Judit, extendida en la alfombra— Se supone que ser rica es darse lujos, viajes, fiestas, y no estar encerrada en una pajarera rodeada de agua.

—Has visitado Italia, Grecia y… no sé cuántos lugares más.

—Pero ya se acabó. Dos años duró el romance. Ahora, sea en San Pedro o los veranos en alguna playa, me veo tan solitaria como tú.

—¿Y qué dice él?

—Que tiene mucho trabajo.

—Es la típica y tópica respuesta. Los hombres se aburren pronto de estar casados, se escudan en su trabajo y… —atenuó el tono de voz— demandan "amenidad". ¿Comprendes por qué estoy sola?

Judit afirmó con la cabeza. Se sentía un poco mareada por no beber asiduamente, y jamás al nivel de Carlota. Había olvidado, con la plática, que la invitación fue a comer.

—Pero la tuya es mucha soledad —dijo— Yo, aunque sea a veces…

—Te equivocas, amiga mía —los iris grisáceos de la escritora se obscurecieron— Tú estás más sola que yo.

—Ya comienzas con tus acertijos. No soy muy letrada, y eso obliga a que me hablen con claridad.

—Yo tengo compañía cuando quiero —adornó la declaración con una mueca confusa y el guiño de su ojo derecho.

—17—

Judit enderezó el rostro para examinar el de Carlota. La extraña luminosidad de sus ojos indicaba que no se trataba de una broma. Para no omitir detalle, se sentó frente a ella, extasiada en los finos labios de la escritora, expectante de una ampliación de la declaración.

—Tú, contrariamente —continuó Carlota— dependes de su disposición. Así pues, ¿quién está más sola?

—No te creo —Judit abrió la boca, perpleja. Deseaba saber más, si bien no lo arrancaría de la hermética Carlota.

—¿Que tú estás más sola?

—No, no eso. Dudo que tengas compañía, aunque sea fortuita. ¿Cuándo?

—¡Ah! —el rostro enjuto relució. Hizo filigranas con una mano y evadió su mirada en el techo— La discreción es imprescindible para alguien como yo.

—Estás bromeando. Sabes que me creo todo y te burlas. Voy por más vino.

—Si aguardas una confesión, no te desilusionaré. Y no necesito más vino para ello.

—¿No quieres?

—Sí, pero no como pago de lo que "acaso" revele.

—¿Ya te arrepientes?

Judit, erguida, seguía frente a su amiga temerosa de perderse algo si se distanciaba los tres metros que las separaban de la cocina.

—No es fácil hablar de mí misma, después de años haciéndolo sobre seres ficticios.

—¡Estás loca!

Judit se apresuró. Regresó con otra botella de vino blanco que chorreaba agua por haber estado dentro del refrigerador. Con el calor del mediodía, otro lugar hubiera hecho hervir el líquido. Lo sirvió apresuradamente, y se precipitó al sofá, junto a Carlota.

—¡Cuenta! —gritó.

—Es sencillo, sin los enredos de una de mis novelas. El sexo auténtico no es fascinante, y solamente sirve para relajarnos. Suele ser simple, y no como siempre nos lo imaginamos.

—Yo no me imagino nada.

—Hay muchachos en estas playas que van de paso. Persiguen un rato de placer y una cena más abundante que fastuosa, algo qué narrar a sus amigos y ninguna complicación.

—¿Y tú...? —Judit quedó estupefacta.

—¿Por qué no? —Carlota volvió a hacer gestos al aire, dibujos grotescos que tan sólo para ella tenían significado— Las mujeres de mediana edad les "enloquecen". Es un eufemismo para disfrazar que te soportan por dinero. Además, se atribuyen erróneamente que nos hechizan con su juventud, su virilidad y sus esfuerzos por dejarnos exhaustas.

—¿Y no es así? —ella sabía poco, o mejor dicho nada de aquel tema. Jorge integraba lo único en su vida y lecho, y era otoñal.

—No en mi caso. Pero son fáciles, nada complejos y listos a desaparecer pronto.

—Yo soy aún joven, aunque después de casada... —se palpó las turgencias de su abdomen corroborando que la comida ocupaba muchas de sus horas muertas. Soñaba despierta, alentada por lo que escuchaba, sin concebir realmente que ella pudiera verse en el papel de Carlota.

—Eso no importa, van de paso. Hoy aquí y mañana en cualquier parte. Balboa es un buen lugar para ligar transeúntes.

—¿Y tú...? Todavía no te creo.

—Anoche, como te dije, busqué estímulo. Para un novelista, no todo es intuición. Hay que obtener datos concretos. A qué huele el sudor de un macho, por ejemplo —liberó su risa aguda.

—Y yo que pensaba que tú...

Carlota continuó riendo. Viendo el rostro embelesado de Judit, supo que acertó accediendo a que su lengua se disparase. No le sorprendía en absoluto que su amiga se emocionase por la revelación, ya que rompía el perfil que se había formado de ella.

—Tolero que lo crean, como barricada para repeler a los ofrecidos —dijo— Muchos se figuran que sola y escritora es sinónimo de lesbiana.

También Judit la había etiquetado de lesbiana, aunque aceptándola sin reparos. Carlota prosiguió:

—Pero se engañan, al menos respecto a mí. Yo amo mi autonomía, pero ni soy de piedra, ni... Aunque confieso que sí soy muy liberal en mis gustos —desorbitó los ojos y enfatizó la última frase.

—¡Qué callado lo tenías!

—Tú no me habías confiado tus discrepancias con Jorge.

—Lo he rumiado desde que me enjauló. Me sobran muchas horas para hacerlo. Ya ha pasado todo un mes y... ¿Sabes que no ha estado conmigo ni diez días? Y se suponía que acordamos vacaciones para ambos: él así denomina mi destierro.

—No le conozco, y no lo puedo juzgar.

—No has querido visitarnos los fines de semana.

—Los fines de semana... —miró hacia la ventana moviendo la cabeza— son para el esencial descanso. Yo no escribo los fines de semana, sino que investigo "temas".

—¿Les llamas temas?

—¿Cómo quieres que les llame?, ¿coincidencias? Yo soy quien sale a acosarlos, y no me caen del cielo. ¿Amantes? El que más no dura ni dos días.

—¿Y no te enamoras? —Judit babeó, incrédula.

—¡Claro que no! No me doy tiempo para ello. Y a ellos les concedo mucho menos. Son desechables, amiga.

—Eres terrible. ¿Por lo menos son atractivos?

Carlota se puso en pie y se alejó del sofá. Desde que llegó se había empeñado en la horizontal. Se dirigió a la ventana más cercana para estirar las piernas y echar una ojeada al mar. Abrió los brazos y bostezó.

—Son jóvenes y dispuestos. La belleza no es indispensable en el sexo. Te veo muy interesada. ¿No será que... piensas imitarme?

—Estoy aturdida. Me apasionaría imitarte, aunque dudo poder intentarlo.

Judit corrió hacia Carlota y atisbó por la ventana a un punto indefinido en la bahía. Era el eterno paisaje, bello y estático como una pintura al óleo. Pero, apelando a su técnica, armonizaba hombres en alguna parte del cuadro y, como decía la escritora, "dispuestos".

—Barrunto que quieres probar —insinuó Carlota.

—Tal vez, pero... —hizo un mohín de tristeza— fracasaría.

—¿Por qué?

—Por miedo. ¿Cómo le voy a traer aquí?

—Hay hoteles en Balboa.

—¿Un hotel...? —exclamó Judit, atónita en su amiga— No, no me atrevería. Pensarían que soy...

—Entre lesbiana y prostituta, me estás dando el aperitivo —dijo Carlota, simulando enfado.

—¡Oh, no! No me refería a ti.

Judit se azoró y enrojeció. Tomó una mano de la escritora y la acarició. Carlota lo celebró con su risa estruendosa.

—Eres un poco lela, amiga mía. Ya sé que no te refieres a mí y también que careces de audacia —dio unos pasos hacia el sofá, giró el rostro y preguntó en tono dominante— ¿Cuándo rayos se come en esta casa?

—Al instante —la serenidad tornó al rostro de la asombrada

anfitriona— Es que me atontas. Nunca sé si hablas en broma o en serio.

—Lo que te he contado es en serio. Espero que no salga de aquí. No me perjudicaría, aunque prefiero que nadie, nadie, lo sepa. No tengo una reputación que proteger, pero me incomoda estar en boca de la gente.

—Te juro que seré una tumba. ¿No me vas a contar algo más?

—¿Detalles lúbricos?

Judit se sonrojó. Carlota leía en ella como en un libro. Tenía poco mundo, lo inverso de la escritora, y un nimio pormenor erótico ejercía de acicate a un anhelo de aventura que no trascendería de un sueño. Su amiga insistió en su mordacidad.

—¿Te gustaría ver?

—¿Cómo crees? ¡Ah, ya! —exclamó por fin Judit al darse cuenta que era motivo de mofa— Me gustaría saber cómo los consigues, qué opinan ellos y…

—Te diré lo fundamental, aunque temo que no te servirá de mucho.

Carlota caminó hacia la cocina. Judit quedó observando su alta y delgada silueta. Siempre la había admirado, incluso cuando entreveía que no compartían inclinaciones sexuales. Ahora, después de la notable declaración, necesitaba que fuera más que su amiga: que se convirtiera en su profesora.

II

JUDIT SE VISTIÓ DE CALLE. Revisó repetidamente su imagen en el espejo para verificar si todavía era capaz de avivar pasiones, y se dijo que estaría contenta con que alguien atractivo se fijara en ella. No estaba convencida de eso, sobre todo porque un intenso temor visceral le dictaba que no podría perpetrar lo que días anteriores rondaba por su cabeza. Además, aunque se decidiera, era notorio que no se conservaba igual de apetecible que años atrás. Así lo estimaba ella, a falta de quien pudiera apreciar lo contrario. Con la ausencia del hábito de ir a bares de solteros o pasearse incitante por las calles, derivaba tal carencia de confianza para hacerles competencia a otras mujeres deseables. Y cuando por fin estuvo lista y contenta dijo:

—¡Por fin, a ensayar…!

Jorge llegó porque había decidido pasar el domingo con ella; o mejor dicho: pasar el día en casa. No habiendo transporte ese sábado por lo tarde que era, despertó a un lanchero para que le trasladase a la isla. Durante todo el rato siguiente se quejó con ella de los negocios, los problemas de la ciudad y los aviones, como únicos y monótonos temas. Se durmió raudo, alegando sentirse extenuado, sin pensar que Judit estuvo sola toda la semana, y, por ende, ansiosa. La reiteración nocturna en el voluptuoso onanismo de las horas muertas en el sofá cómplice, únicamente exacerbaron su libido, sin acallar una exigencia que nació como instancia física y se trocó en urgencia anímica como consecuencia de que él no supo descifrar el reclamo de sus miradas, sus frases sueltas con acotaciones sensuales, la obstinada alusión a la soledad, y alguna remembranza de épocas mejores, en las que él desbordaba pasión. Jorge recalcó que los aeropuertos significaban un incordio, y merecía un descanso como pago por su densa actividad empresarial.

El domingo Jorge "cumplió" y Judit se dio cuenta que a su farsa de coito le puso menor ilusión que al desayuno que le precedió. Entonces ella volvió a inspirarse en sus sueños, acariciando la idea de agenciar fuera de casa lo que su esposo le racionaba en la cama. No solamente acarició su fantasía mentalmente, sino que lo hizo con su cuerpo no aplacado, reincidiendo en las masturbaciones que no conseguían sustituir un orgasmo de limosna.

El lunes, apenas él arribó al muelle de Cabogrande, Judit se dispuso a ejecutar lo que le había torturado las noches en vela. Portaba un suéter amarillo escotado y muy conciso, para exhibir su espléndido pectoral, y un pantalón blanco que entró a fuerza de tenacidad. Combinó la ropa con la determinación de que Jorge no seguiría riéndose de ella. Sabía que provocaría curiosidad, frases y ofertas, y ése era su objetivo, pero predecía que los solícitos no serían de su agrado. Para reclutar marineros de índole lujuriosa no requería ir a Balboa, sin embargo vaticinaba que tales relaciones no le complacerían, aunque constantemente sirviesen de musas de sus manoseos en el barandal. No lucía la estampa de Carlota, ni su porte sibilino, y se le encimarían los de tendencias elementales. Aún con ello estaba resuelta a poner todo de su parte para atrapar algo, o más bien a alguien que le ayudase a olvidar a Jorge y su cansancio.

Llamó al pueblo pidiendo un bote de alquiler. Carlota no sabría nada, a menos que la jornada produjese algo notable; lo que descartaba de antemano. Le encantaría alardear, pero solamente si el episodio valía la pena.

—Si no tuviera teléfono —pensó—, esto sería una verdadera cárcel.

Aguardó en el embarcadero. La embarcación no tardó en aparecer. Los lunes no proveían mucho trabajo, ya que los turistas se reintegraban a la ciudad, y los pocos que permanecían lo consagraban a descansar del fin de semana.

Acudió un muchacho moreno, bronceado por largas exposiciones al sol. Su única prenda era un traje de baño, azul y ajustado. Ella lo evaluó, pensando en prescindir de la expedición a Balboa. Era más joven que atractivo, lo que, según Carlota, constituía la materia apropiada para un lance. Pero no se apresuraría sin antes indagar otras posibilidades. Lo aplazaría para la retirada, previendo que su incursión no sería fructífera.

Él la escrutaba con deseo sin apartar los ojos del suéter. Adivinaba que la mujer iba de cacería. La conocía, al igual que su soledad en la isla, y él también podía hacer conjeturas.

"Sería peligroso —pensó ella— Enseguida querría mudarse a la cabaña".

El lanchero presumía buen cuerpo: fuerte y delgado. Su incultura, la escasez de tema de conversación, no sería óbice para salvar una o dos tardes. Y se transcribía lo que bullía en su cerebro: sus pupilas declaraban más que una confesión. Accedería complacido. Para que ella no tuviese dudas, después de mucho cavilar, él la tanteó a medio trecho entre la isla y el puerto.

—¿Va a una fiesta? —preguntó.

—Sí, a Balboa.

—¿No me invita? —parpadeó con osadía, seguro de que ella sabría interpretarlo. Su esposo, era público, no pasaba largo tiempo a su lado.

—Ya tengo acompañante. Quizá... —no quiso cerrar la posibilidad de que él fuera el último hombre en la tierra, o de aquel remoto recoveco— otro día.

Judit respondió evitando su mirada. Se reafirmaba en la idea del riesgo. Si consentía, él lo propagaría en Cabogrande llenándose la isla de hombres obsequiosos, y su nombre andaría de boca en boca. Lo hacían con el de Carlota, sin que ésta les diera motivo alguno. La rotulaban de lesbiana por las visitas a su enclaustrada amiga, siempre que el marido no se presentaba.

De repente reparó en una cuestión en la que jamás había meditado. Si Carlota era reputada como lesbiana, y la frecuentaba estando sola... ella venía a ser su amante. ¡Oh, Dios!, era horrible lo que acababa de descubrir. De alguna manera debía recomponer su imagen, aunque fuese ante unos pescadores a los que en nada les incumbía su conducta o hábitos.

—Quizá otro día —se resignó el lanchero.

—Quizá. Eres un poco joven, pero no estás mal.

Era la primera y tímida tentativa de estipular que le atraían los hombres, aunque no forzosamente aquel interlocutor. El joven infló el pecho.

—¿Le gustan los viejos?

—No: me gustan más maduros.

El joven refugió su mirada en el pueblo. Siquiera lo había intentado. A veces triunfaba con las turistas. Si iban de paso, y querían un paseo en bote, él solía estar siempre listo, y algunas no se ponían muy estiradas. Pero aquella vivía allí, y eso la hacía diferente. Su esposo, aunque poco, venía a verla, por lo que tendría miedo.

El garaje donde guardaban los autos se hallaba inmediato al puerto. Jorge había enviado el suyo a la capital. El de ella, un antiguo descapotable blanco, gozaba todavía de lujoso aspecto. Lo usaba poco por no saber a dónde ir; pero lo encendía una vez por semana.

El muchacho la siguió con la vista, hasta que entró en la pensión de automóviles. Luego, indolentemente, se tumbó sobre unas redes, al soñoliento acecho de alguien que solicitase sus servicios.

Judit atravesó lentamente las calles polvorientas del centro. No le agradaba la velocidad, al menos cuando ella conducía. Incluso en esto era cobarde: Jorge pensaba por ella, decidía por ella y también manejaba por ella. Era hora de apañarse por sí misma. Balboa sería el primer paso, que a cualquiera se le antojaría pequeño, pero para ella, esclava física y mental, representaba un logro tal como instalarse en la luna.

Al traspasar el cruce, la carretera estaba asfaltada. Por ser lunes, y rayando el mediodía, el tránsito casi no existía. Saborearía el trayecto, el mar a su izquierda, sin preocuparse en sortear a los otros motorizados.

A un kilómetro de Cabogrande, en una recta, divisó a lo lejos a una persona que pedía aventón. Desde que vio el convertible blanco, el hombre estiró el brazo y usó el pulgar. Judit aminoró la velocidad, que no era mucha.

Ella vaciló unos segundos. Circulaba despacio, festejando la minúscula libertad, mientras proyectaba qué hacer. Pasó ante él examinándolo. Él hizo señas, suplicante. Era joven, frisando los veinte, de pelo rojizo y rostro pecoso. Su atavío constaba de la camisa al cuello y un pantalón de mezclilla, cortado por encima de las rodillas. A su lado, en la cuneta, se distinguía una mochila azul sucia.

Frenó a pocos metros. Le acercaría a Balboa, inculcándose que exclusivamente realizaba una buena acción, y no un paso a la infidelidad. Si era de los alrededores, o no se adecuaba a lo que ella pretendía, no supondría ulteriores compromisos. Además, la compañía y charla la distraerían, si bien la distancia no era mucha.

—¿Va a Balboa? —preguntó él, colgándose del estribo derecho.

—Sí.

—¿Me lleva?

—Suba.

El joven no usó la portezuela. Tiró su mochila al asiento posterior y saltó al asiento. Sonrió agradecido y se acomodó. Judit volvió a poner el auto en marcha, con su lentitud habitual. Le miró de reojo, valorándolo. ¿Serían como éste los que su amiga "pescaba" en Balboa?

—¿Es usted de Cabogrande? —investigó él.

Se mantenía absorto en el suéter, más seducido por el busto que por el rostro de la mujer. Se portaba con total omisión de decoro, pero calificaba como prospecto; no obstante nuevamente era demasiado joven para ella. Él deducía que vibraba el interés en la mujer, por lo que marcaba sus bíceps, apoyando el codo sobre la portezuela.

—No, ¿y usted? —Judit contestó después de mucho elaborar una respuesta tan simple.

—Tampoco. Yo soy del Norte. Ando de vacaciones recorriendo esta parte del país. Cada año voy a un sitio distinto.

—¿Estudia? —le parecía ridículo no tutearlo, pero no se arriesgaría a brindarle familiaridad.

—A veces, otras trabajo. Me ilusiona ver lugares sin quedarme mucho tiempo en ellos. Gano un poco y viajo. El invierno lo paso en San Pedro estudiando. Es verdad que así no voy a terminar nunca.

—¿Qué estudias? —por fin se animó al tuteo. Si era colegial, no le parecería natural tanta formalidad. Él lo advirtió. La contempló insolente. Registró el pantalón y extrajo un paquete de goma de mascar. Se la ofreció—No, gracias.

—Leyes. Pero no me gusta mucho. ¿Y tú? —él aprovechó la supresión del protocolo.

—Estoy casada.

La respuesta no aclaraba si estudiaba o trabajaba, pero ella necesitaba decirlo, plantearlo previamente antes de continuar la plática. La proximidad del muchacho empezaba a inquietarla. Era guapo y simpático. Como cómplice de su primer adulterio, lo prefería a la sentencia de que "en el sexo, la belleza no es indispensable". Ella, de momento, disentía de tal máxima. Estar en el coche, el suyo, le daba cierta confianza para entablar una plática exploratoria, y mayor discreción que un bar. Si una vez en Balboa juzgaba que no le convenía, le diría adiós y él no se consideraría con derechos.

—¿Cómo te llamas? —sondeó él, pasando por alto la alusión al matrimonio.

—Judit. ¿Y tú?

—Ricardo. ¿Y vives en Cabogrande?

—Paso los veranos.

—¿Tienes hijos?

La mujer se asombró. No elucidaba el fundamento de tal interrogatorio. Él no se inmutó. Posiblemente había elegido el tema familiar al azar, para departir de algo.

—No —respondió.

—¿Recién casada?

—No, pero no tenemos hijos.

—¡Ah! —su curiosidad pareció satisfecha— ¿Y él?

Judit comprendió aunque simuló no hacerlo. Se insinuaba con un estilo similar al del lanchero e intuía por qué: les instigaba, como suspiro, la guisa en que se había vestido. Pero con una pieza en la mira más pronto de lo preconcebido, sentía pánico y deseaba dar por consumada la cacería.

—¿Quién? —preguntó.

—Tu esposo. Me figuro que no trabaja en Cabogrande.

—¿Por qué?

—Por tu ropa y el auto. En ese pueblo, como en Balboa, sólo hay pescadores.

—Se quedó en casa, descansando.

—¡Ah! —él aceptó con reservas la respuesta— ¿Vas de compras?

—Sí —aceleró un poco. Se notaba muy nerviosa por efecto de la vecindad de lo soñado.

—¿Te ayudo?

Judit movió su rostro para analizar el del muchacho No parecía lascivo y hablaba con naturalidad; no obstante le perturbaba. Si seguía firme en copiar a Carlota, ¿por qué no con Ricardo?

—¿A qué?

—A cargar los paquetes. Es para pagarte el paseo.

—No me debes nada —deseó que él perseverase. Después de todo nadie lo conocía en Balboa, ni a ella ni tampoco a Jorge, y la compañía contribuiría a combatir el tedio de la tarde. Si encontraba a otro en un bar o en el malecón, resultaría tan forastero como el actual.

—Bien, solamente quería agradecerte haberme traído. No soy lo que tú te imaginas, pero es lógico que desconfíes.

—¿Por qué?

—Por la gente que frecuenta estas playas. Hay de todo. Pensé que no te detendrías, igual que los demás.

—No se me ocurrió que… —colegía que había ido muy lejos actuando con excesiva candidez. No tenía costumbre de salir sola, y no vislumbró ningún peligro— Tú no pareces malo.

—Y no lo soy, o más bien como todos, pero nunca tomo lo que no me ofrecen —dijo el pecoso con decepción.

Su dignidad parecía teatral, pero Judit tradujo el mensaje que él transmitía. Tomar no equivalía a robar, sino más bien describía lo que ella había salido a buscar. Él leía en la mujer como un libro y admitía no caber en sus planes. No obstante, presentía que Judit andaba de cacería.

—No desconfío —hilvanó una disculpa—, pero solamente voy de compras.

Había confirmado que ambos hablaban de lo mismo, si bien lo hacían de la forma ambigua que aplicaba magistralmente Carlota. El joven rozó una rodilla de ella, en artificioso descuido, con su palma izquierda. Judit percibió que los nervios le traicionaban, y un estremecimiento espontáneo se lo reveló a Ricardo. Él subió un poco más la mano, rebasando el límite de las medias. Ella le censuró con los ojos, y suavemente retiró los osados dedos. Balboa asomaba ante ellos y la excursión tocaba a su fin.

—Como quieras —concedió él—, tan sólo intento ser amable.

Judit volvió a leer entre líneas. No se reducía a su amabilidad, pues conjuntamente proponía su cuerpo. Asumió que en los lugares de veraneo la estancia es fugaz, las gentes van de paso, el futuro es rutinario, agotado el verano y las oportunidades no se postergan, se cogen o se dejan, sin un eventual mañana. Le pareció humillante, pero con otros tal vez sería peor. Precipitó su aprobación.

—¿Sigues interesado en cargar los paquetes?

—Sí —Ricardo sonrió ampliamente. Él acertaba con las mujeres, especialmente las relegadas durante el verano. Tenía tácticas y recursos varios, adquiridos en su vagar de un lugar a otro de la costa. Definió a la mujer en cuanto subió al vehículo, y nunca dudó que estaba sola o mal atendida por su amante... o esposo.

—No he comido —dijo ella— ¿Recomiendas algún lugar?

—Dime qué te apetece y yo me encargo. Lo que no...
—se rascó la cabeza.

—Yo invito —ella había entendido.

—No tengo gustos caros.

—Yo tampoco.

Judit rió a carcajadas sin motivo. La tensión había cesado. Sin valerse del procedimiento que Carlota utilizaría en tales situaciones, ella había superado la prueba de fuego. Para ser la primera vez, la manejó a la perfección. Él la secundó, y llegaron a las primeras casas en derroche de algarabía.

En el restaurante ella se obcecó en sentarse frente a frente. Ricardo se obstinó en que lo hicieran uno junto al otro, al contar aquel lugar con asientos dobles a cada lado de la mesa, pero ella, temerosa de lo que la cercanía le ocasionara, se rehusó pues había tenido una prueba en el auto, cuando él deslizó la mano por su rodilla. Tras experimentar lo que se amotinó en su interior, otra fricción evidenciaría su desasosiego, y le irritaba que un camarero fuese testigo de lo que únicamente testimoniaba el barandal de su isla. Judit ganó la porfía, y Ricardo se arrellanó enfrente con estudiada languidez.

Mientras comían, Ricardo fue el que encauzó la charla, para terminar hablando como papagayo. Relató sus viajes veraniegos, salpicándolos de sutiles anécdotas sexuales. Lo hacía con inteligencia, mencionando tan sólo: "Coincidí con una mujer, y lo pasamos bien". Pero Judit captaba el propósito del joven, que no era otro que colocarla a ella como protagonista de alguna de sus conquistas.

Él engullía con rapidez patentizando más hambre de la confesada. Judit pidió muy poco, reparando en las curvas de su figura. Sin embargo terminaron casi al mismo tiempo. Ella concluyó con un capuchino, y él con otro refresco en vez de café.

Apenas se alejó el camarero, cuando Judit sintió algo que chocaba con sus rodillas. No precisaba mirar para cerciorarse: por la postura de él, tendido con indolencia en el respaldo de plástico del sillón, infería que se trataba de su pie. Se reanudó el escalofrío delator de su penuria. Ya no tenía escapatoria. La hormona voraz se había exaltado y pedía ser calmada. Ricardo persistía en su monólogo, curioseando por la ventana, fingiendo no controlar el pie desobediente.

Para rehuir los dedos que hurgaban en sus rodillas, Judit las separó. Si calculó desviarlas del intruso, mal remedio el suyo: el pie de Ricardo se asentó en el sillón, e invadió el vértice de sus piernas. Al primer roce con su braga, la mujer se puso tensa y sofocada.

—El capuchino y el refresco de manzana —anunció el camarero.

Ricardo no apartó el pie, pero detuvo su actividad que reinició cuando el empleado dio media vuelta. Los ojos de Judit exploraron el restaurante. Ningún comensal les observaba al estar tan distantes de ellos. El mozo se entretenía en vivaz plática con un cliente, y les presentaba la espalda.

—Aquí no —susurró.

Pero Ricardo fisgaba por la ventana, y su pie tenía vida propia. Además el organismo de ella, alborotado y sin desear una tregua, no se ajustaba a sus palabras. Llevó las manos al pie, y lo oprimió sobre la braga. Luego avanzó por el sillón para que la parte requerida por el cínico quedase más expuesta y sin el estorbo del asiento. Los dedos de él frotaron lo que alcanzaban.

—Y también estuve en un pueblo más al sur, que se llamaba... —Ricardo seguía hablando mientras aparentaba no enterarse de lo que provocaba.

Judit despejó la braga con una mano, aferró la otra al borde de la mesa, y enfocó los ojos al camarero. Comenzaba a transpirar al mismo tiempo que temblaba respirando agitadamente. De pronto Ricardo la desafió frontalmente, interrumpió las incoherencias y activó con fuerza su pie desleal. Pronosticaba que el orgasmo de ella estaba servido, ya que su aliento le ventilaba el rostro. Observó su mano adherida a la mesa, y los dedos pálidos por la presión. La faz de la mujer reflejaba el espasmo que se avecinaba, y sus pupilas, que eludían a Ricardo y se clavaban en el camarero, habían perdido el color.

Judit se convulsionó de pronto. Abrió la boca, como para lanzar un grito, pero la mantuvo sin sonido por unos instantes, mismos que por su semblante patinaron gruesas gotas de sudor. Encaró a su acompañante con el resuello extraviado, e imploró clemencia, aunque su mano apretó el pie de él contra su pubis.

El mozo se volvió hacia ellos, certificó que no le llamaban y continuó en la plática. Judit liberó los dedos de Ricardo, y éste replegó el pie. Ella subió la mano copartícipe, cogió la cucharilla y dio vueltas al café. El joven le preguntó simulando haber estado ausente los últimos minutos:

—¿Qué haremos después de comer?

Judit centró su rubor en el café, levantó un brazo, optimista de que el camarero la vería.

—Voy a pagar —dijo con un siseo.

—¿Y después? —insistió él.

—¿Te quieres burlar de mí?

❀

El asiento delantero del copiloto estaba contra el tablero. Sobre el otro asiento frontal reposaban las ropas de ambos, con el suéter amarillo de Judit destacando de lo demás, como anuncio de lo que allí se ventilaba. Había cumplido su objetivo de resaltar la anatomía de Judit, pero ahora le estorbaba más que nunca.

El automóvil no se veía desde la carretera costera, pues lo tapaban algunos arbustos. Detrás de éstos venía el declive, y abajo la calzada. Habían accedido por un sendero que conocía Ricardo. Al punto que se detuvo el vehículo, él se despojó de su ropa, abatió el asiento y se acomodó en los traseros. Judit le imitó como autómata, abstraída en el mar, demostrando vergüenza. Eludía el enfrentamiento directo con la virilidad, la que el joven mostraba con descaro. Sabía que su juventud ayudaba, por lo que ostentaba una fiera erección.

Siguiendo con su obstinación de evitar la contemplación, o incluso el aplauso que él proponía, ella se deslizó de espaldas al amplio asiento, y él la recibió con una ansiedad notoria. La mujer hervía, y el contacto con el cuerpo desnudo del joven le notificó un desenlace inminente, que ella quisiera retardar y disfrutar, pero dudaba controlar. No había sido suficiente lo del restaurante, y su abstinencia exigía resarcirse de orgasmos pendientes. El intento de compensar los perdidos, la encadenaría a su auto por un lustro; de haber sido posible.

Ella se amoldó al estrecho asiento, y él la instruyó sobre dónde ubicar las piernas. Se notaba que era experto en descapotables: una quedó encima del respaldo delantero y otra en el fondo del automóvil. Ricardo se situó en el espacio disponible y se encaramó en la mujer plegando las piernas contra la portezuela. Judit gimió como virgen cuando él ingresó en ella. Sabía que aguantaría escasos segundos, aunque en casa, en su cama y con su esposo, la espera solía ser dilatada, pero saboreaba el engaño, la brisa del mar, un sitio insólito y un cuerpo nuevo. Tales componentes formaban pólvora caliente en sus entrañas, y la flama indomable brotaría más temprano que tarde.

Sucedió como lo temía, y Ricardo fue mero espectador de su explosión. Ella demandó perdón con un parpadeo por no haberse contenido, pero era grande el retraso acumulado, y su hormona refutaba razones. Se entregó y él prosiguió colaborando, excitado al verla gozar con ciencia tan empírica y fructuosa. El sudor copioso se debió más al fogonazo interno, que al calor que aún enviaba el sol extenuado de una tarde de verano. Tal vez no fue un orgasmo épico, pero para ella resultó al menos glorioso, demasiado precipitado y nada elaborado, pero sumamente intenso y nada fugaz. Duró mucho más que los últimos que tenía en su archivo de lúbricos momentos. Y la fuerza con que zarandeó sus células, ésa sí que estaba fuera de registro. El muchacho lo sintió, por lo que se esforzó en alcanzarla y que fuera algo mutuo, pero desistió al concentrarse más en la faz deslumbrante de ella, que en su propio deleite. Cesó en su actividad, pues ella tenía su propio ritmo, y no necesitaba acompañamiento.

—Estoy muy satisfecha, ¿y tú? —le recordó ella cuando fue capaz de hablar.

—Ahora empieza la tarde. ¿Ya quieres irte?

—No, no quiero irme. Bueno… de aquí, sí.

—¿Un motel? —sugirió él.

—El que esté más cerca. Imagino que no tengo que explicarte mi comportamiento.

—No, no tienes que explicar nada —aseveró Ricardo.

III

El crepúsculo los sorprendió en un motel. A la salida de Balboa, siguiendo la carretera costera hacia el norte, un discreto albergue sirvió para que pasaran la tarde. Judit supo entonces que había arruinado muchas horas en las que se resignó a esperar a Jorge, y que él llegase de humor, que concordaran en lubricidad, y que su negocio no se interpusiera. Ricardo intuyó, del primer vistazo al suéter amarillo, que ella premeditaba una aventura.

—Así que eres rica —dijo él, observando cómo la luminosidad de la tarde desaparecía de la ventana.

—Mi esposo es rico —rectificó Judit, muy segura de ello.

—Rico y viejo. ¿Por qué tiene que ser así?

—¿Cómo?

La mujer consultó su reloj de pulsera. Le fastidiaba conducir de noche, pero ya era inevitable. Al menos procuraría no regresar muy tarde, tanto por la carretera como por el tránsito en bote a la isla; además había la remota posibilidad de que Jorge llamase. "Es lo que acontece cuando no se encuentra uno en casa: mala suerte o casualidad, y sucede con bastante frecuencia", pensó ella con cierta preocupación. Podía decir que estuvo con Carlota. Él omitía la existencia de la escritora, e ignoraba su número telefónico. No obstante, debía desplazarse a Cabogrande. Ricardo se quedaría en Balboa. Ya no le volvería a ver, y, por ende, restaba poco de qué hablar.

—Él es rico, pero le sirve de poco…

La respuesta, o pensamiento de él después de un largo silencio, la sobresaltó. Ella sopesaba el trayecto, refugiarse en su casa, y que esa noche no necesitaría masturbarse para soñar despierta ni para dormir con placidez. Ordenaría las ideas en las cuales no incluía la fortuna de Jorge. Cualquier deliberación con Ricardo versaría en exclusiva sobre el "incidente sexual", sus efectos y secuelas.

—Yo, contrariamente, no tengo un centavo —él seguía obstinado en compararse con Jorge—, pero estoy repleto de vitalidad.

—Para compensar —agregó Judit.

Luego se incorporó y se encaminó hacia el baño. No quería proseguir con el tema alusivo a su marido. Era de mal gusto, y nada adecuado para recuperarse de un coito exquisito. Él permaneció en la cama, calculando el dinero que no tenía.

—No es equitativo —dijo.

Judit, en la última mirada antes de encerrarse en el cuarto de baño, ratificó que el joven la embobaba; máxime por su parte física, su ingenio en el sexo y su empeño en demostrar que era mejor que cualquier amante que hubiera tenido antes. No le confesó que nunca hubo otro aparte de Jorge, porque Ricardo estaba, por lo demás, muy pagado de sí mismo, esclavo de su ego. No obstante Judit reconocía que él se había esforzado en que ella tuviera una tarde indeleble, cuando le pidió sin palabras justamente el placer del que carecía, sin fantasías o experiencias sublimes como la de ahora. Pero todo se rompía en ese instante en que Ricardo competía con Jorge, citándole sin conocerle, contendiendo con quien no era rival, para que la mujer proclamase que había sido fabuloso. Y supo que ya después de satisfecha su vanidad más que su deseo, comenzaría a interesarse en ella, en su vida íntima, en lo demás...

Ya dentro de la ducha, el agua ahogó las palabras del joven. Sin embargo adivinaba las sutilezas que sus palabras decían: había enganchado una tonta que además de solitaria e insatisfecha pagaría sus caprichos. Él contribuiría con su cuerpo esbelto, su juventud y pericia amatoria; y ella complementaría su físico redondo y maduro, con el dinero de Jorge. Formarían una pareja ideal. Unas vacaciones gratis no le vendrían mal a Ricardo; y a ella... después de todo un orgasmo ya era toda una vacación.

Se valoró en el espejo. Sabía que atraía a los hombres, aunque no a los que a ella aspiraba. Ricardo era joven y apuesto y, por el momento, no pedía nada extraordinario: una comida y una habitación de motel. ¿Qué les daría Carlota? Presagiaba que la escritora también pagaba y con billetes de banco. Paliaría el paso de los años con el único método a su alcance.

—En la vida no hay nada gratis —dijo en voz alta.

Él se había cansado del monólogo ahogado por el ruido del agua. Abandonó la cama y fue a la puerta del baño. Se recostó en el marco y ojeó la desnudez de la mujer. Había escuchado su frase.

—¿Y si te divorcias? —opinó.

Sus ojos se concentraban en las redondeces de ella, allí donde se habían almacenado las continuas comidas de su soledad. Antaño había tenido buena figura. En el presente, si acaso, se concretaba en "opulenta".

Judit hizo una mueca. Veía el rostro de él destellando en el espejo. La solución que exponía era la que ella rumiaba hasta producir dolor de cabeza. La respuesta estaba bien grabada, tanto como las tablas de multiplicar.

—Todo es suyo y… ¿no recuerdas que no tenemos hijos? —repuso ella.

—Los viejos lo hacen bien.

—Es abogado, y además dueño algunos negocios.

—No es tonto —asintió Ricardo, entrando en el cuarto de baño.

—Nada tonto.

Él la abrazó por la espalda y besó la nuca. Su desnudez se pegó a la de ella, con la intención de que la fricción significase que el deseo perduraba, y la promesa de que no se difuminaría como una tarde más del caluroso verano.

Aunque Judit creía que ya todo había finalizado por aquella noche, sintió que aún conservaba un deseo pendiente. Jorge la había desatendido demasiado. Hacía meses que él ejercía por contrato, sepultando lo explosivo. En cambio Ricardo… Convenía que era diferente de lo que prejuzgó, pues resultó más cariñoso de lo que obliga una relación accidental de tarde de motel por una comida gratis. Le complació el evento, pero le urgía marcharse antes de que fuera muy tarde para conseguir una lancha.

—¿Por qué no te quedas? —propuso él— Podemos pasear en la noche y repetir aquí.

—No —se impuso a la tentación— Debo irme.

—¿Cuándo te veré?

Ella estimaba que no fue muy brillante en el lecho. Más bien temía que su labor, por olvidada y fuera de práctica, hubiese resultado bastante torpe. Si él pedía otra cita, es que ella se menospreciaba en exceso.

—No sé.

Ricardo la abrazó con más fuerza. Judit titubeó un instante. Su cuerpo le prescribía capitular su decisión, aunque su mente sensata discrepaba de ello. Tenía miedo. Jorge era impredecible y capaz de apersonarse aquella noche, tal vez para comunicarle que salía de viaje a cualquier lugar del extranjero. Se deshizo del abrazo con desgana, y fijó sus ojos suplicantes en el rostro de él. Sonreía, confiado de que la persuadiría.

—No puedo quedarme —reiteró, con un esfuerzo supremo.

—¿Vendrás mañana?

—No lo creo. No salgo a diario.

Apremiaba evaluar su primer éxito en la carrera de adulterio. Era innegable que reincidiría; pero, antes, analizaría la situación y los riesgos que acarreaba.

—Pero… si estás sola.

Ricardo se retiró un paso, obstruyendo el vano de la puerta, cerrándole la salida. No entendía a la mujer. Ella le había dado detalles que sugerían algo más.

—En ocasiones viene entre semana —mintió Judit.

—¿Por qué no voy yo a tu casa? Si llega, me esfumo.

Lo formulaba como algo cotidiano. No cabía duda de que tenía costumbre de ocupar camas de mujeres solitarias, dejándolas tibias para el legítimo propietario. Ella sintió un escalofrío.

—¿Estás loco? —exclamó.

Consiguió que él franquease el paso, y se dirigió a la silla donde ambos arrojaron sus prendas. Ya había anochecido completamente. Por omisión, o por molestia, no habían prendido otra luz que la del cuarto de baño.

—¿Por qué? —Ricardo la siguió permitiendo que se vistiera.

—Podrían verte.

—¿En una isla desierta?

—No está desierta.

—Me dijiste que estás sola allí.

—Pero… vienen amigos, lancheros…

Él cabeceó con incredulidad. Se abalanzó a la cama y puso

los brazos sobre la almohada. Su desnudez incitaría a la mujer, suspendiendo su premura por irse; al menos mostraba lo que obtendría si le invitaba a su casa.

—Una vez y nada más —se lamentó él.

Conocía la típica historia de las casadas en pos de una proeza para vengarse, calladamente, de una discusión con el marido. Después de saciada la repentina sed de revancha, les acosaba el arrepentimiento y se cobijaban, sollozantes, en brazos del esposo; en cambio éste no sollozaba y continuaba engañándolas.

—No es eso… —ella creyó que él no se percataría de su miedo y conflicto. El muchacho la maravillaba con su sagacidad, pero no caería en la trampa de perseverar en un idilio.

—¿Qué es, entonces?

—Pueden verte. ¿Qué dirían en el pueblo?

—No me verían.

—¿Cómo vendrías a la isla? ¿En globo?

—Nadando. Conozco la bahía y he nadado hasta cerca de la isla. Sé desde qué lugar de la costa está más próxima.

Judit detuvo su prisa retrasando la partida. Estaba medio vestida, y unos minutos más no importarían. Pasaría miedo en el camino, pero sería comparable al de poco después. Ansiaba otra velada, siempre que él no se convirtiera en huésped estable de la isla. Todavía no se disipaba el retraso sexual, así como la intención de no esperar a que Jorge se decidiera o no estuviese tan cansado.

—¿Nadie te vería? —preguntó, deseando creerlo.

—Estoy seguro. Me zambulliré al obscurecer.

—¿Y pasarás la noche conmigo?

—Es lo que se hace cuando nadie suele ir de visita.

—¿Y él…? ¿Si se presenta?

—Me regreso de la misma manera. Te repito que no necesito un bote. He ganado trofeos de natación.

Sonaba bien que él arribase a la isla de noche, como un nadador loco. Sería impensable que le localizasen desde el puerto. Inclusive Carlota, convidada eventual, se ausentaba al anochecer. Y Jorge no llegaba demasiado tarde, porque el último avión a Balboa aterrizaba a las ocho. Pero el mayor peligro era que Ricardo fraguase tomar posesión de la isla, como extensión del lecho.

—¿Te irías en la mañana? —preguntó, a punto de acceder.

—Desde luego —él asentiría a lo que ella le pidiera ahí, pero una vez en la isla...

—Dos días a la semana —dijo Judit previendo una estancia que aún era hipotética—, visito a varias amistades que tengo en el pueblo, y a veces me quedo con ellas.

—Yo también hago vida social —el tonillo de Ricardo precisaba que se traslucía lo que ella temía, interpretando con exactitud sus vibraciones— ¿Mañana por la noche?

—¡No! —le pareció muy prematuro. Había mucho qué meditar. Se asesoraría con Carlota, para que ella le infundiese firmeza— Mejor el miércoles. ¿A qué hora?

—A la que tú digas —él era materia dispuesta.

—A las ocho. Estaré en el embarcadero. Si no me ves, es mejor que no te acerques.

—Sí, te veo a las ocho en el embarcadero —repitió Ricardo— ¿De noche...?

—Un vestido blanco se divisa desde la costa. Además hay luz en el embarcadero.

—¡Qué lujo!

Judit tomó su bolso. Se detuvo entre la cama y la puerta. Él no se movió: aprovecharía que ella había pagado el día completo, prefiriendo aquella cama gratis que la imaginaria de sus amigos.

—No sé si hago bien —lo dijo ella en voz alta creyendo que lo pensaba.

—¿Me temes? —los ojos de Ricardo acusaron estupor, y su tono fue de reproche— ¿Crees que soy un vulgar ladrón o… algo peor?

—¡No! —la confundió que él usase palabras ajustadas a los razonamientos de ella— No es eso, aunque…

—Me gustas y tienes dinero —la franqueza era la mejor arma de él—, cosa que yo no. Me quiero ganar unas buenas comidas y tomar el sol. Luego volveré a San Pedro y seguiré mi vida. Así lo he hecho invariablemente y no veo por qué cambiar.

—Comprende que es la primera vez… —ella se disculpó con timbre implorante, más para sí misma y sus argumentos negativos, que para con él— Se oyen cosas y no se puede abrir la puerta a todo el mundo.

—¿Te refieres a lo de los robos?

—Sí —los saqueos a casas vacías era algo público.

De un brinco, Ricardo se plantó ante ella. Judit se atemorizó, recelando que la atacase. Pensó que había acertado con la maquinación de él. Pero, por el contrario, le pasó los brazos por la espalda y la apretó contra su pecho desnudo.

—No tomo lo que no me dan —dijo, inalterable, la misma frase de cuando se encontraron— Si quieres obsequiarme algo, no lo rechazaré, pero… nada más.

—¿Quieres dinero? —tontamente, Judit pensó que remunerándole perdonaría la imputación de ladrón. Desde que entraron en el motel, después de que ella pagó la comida, intuyó que habría dinero de por medio. Al coger su bolso para salir, estuvo tentada a descuidar unos billetes encima de la cama.

—No —el muchacho esgrimió su dignidad— Me quedaré en el hotel, y tengo para comer un par de días. No sé si me hará falta más adelante, pero en este momento no.

—No he traído mucho, aunque… —ella intentó zafarse del abrazo y registrar el bolso.

—No —él la apretó más— No me hace falta. Si me urge, te lo pediré. No soy de caprichos caros y las mujeres constituyen casi el único.

Judit escrutó el fondo de los ojos de Ricardo, pensando que le mostrarían una película de su interior. Anticipaba que, de seguir su búsqueda de lo que Jorge le negaba, se toparía con amargas consecuencias. Al final alguien se burlaría de ella de modo doloroso. Si tenía a Ricardo, y ya le había tratado, no requería de otros. Él parecía satisfecho demostrando su virilidad y oficio, que era lo que ella salió a mendigar, y aquella tarde no había pretendido beneficiarse económicamente. Se criticaría por incauta, pero probaría.

—El miércoles a las ocho —resumió.

—No fallaré. ¿Qué habrá de cena? —Ricardo rió, como aplauso a sus dotes de persuasión.

—Una sorpresa.

—Me encantan las sorpresas.

—Debo irme —indicó que la opresión de él se lo impedía— Me aterra conducir de noche.

—Te acompaño —la soltó.

—Hoy no.

Lo besó en los labios fugazmente. Él no respondió observando la puerta que se cerraba, luego se acercó pegando su oreja a la superficie y escuchó los pasos que se alejaban por el corredor. Una mueca maliciosa se dibujó en su rostro pecoso, y arqueó las cejas al decir en voz baja:

—¡Ya cayó! No podía fallar. Y ahora solo tengo que aguantar hasta el miércoles.

Corrió hacia la cama y saltó desde un metro de distancia. Una vez tendido boca arriba, insistió la risita sibilina en su mueca y dijo con placer:

—Ricardo, realiza un buen trabajo. Si ella no se escabulle, será el negocio de tu vida.

IV

LA BRISA MARINA, SUAVE Y FRESCA, manejaba su vestido blanco ciñéndolo a su cuerpo. Frente a ella, en el puerto, la actividad disminuía pues los pescadores se recluían en sus hogares o los bares de las cuestas empedradas. Las luces de las casas iniciaban el encendido: una tras otra, perfilaban la silueta nocturna de Cabogrande, único espectáculo visible desde la Isla de los gansos. El otro, el del océano, estaba oculto por el manto de la noche. El silencio de la bahía era interrumpido cada vez menos por el bramido de algún bote de motor. En ocasiones se oían voces en el embarcadero, o el batir de los remos en el agua.

Judit aguzó su mirada, anhelando ver a Ricardo cabalgar en la cúspide de las olas. Le parecía utópico que él pudiera nadar desde la costa, por lo que supondría otra fatua llamarada de su ego. Posiblemente alquilaría una lancha, aunque dudaba que tuviera recursos para ello.

Sentía que el afán de verle alargaba la espera. De haber tenido diez años menos, hubiera pensado en algo como el amor, pero ahora tal emoción no producía eco dentro de ella. Se limitaba al puro deseo carnal, enardecido por la soledad, el paso monótono de las horas, los programas tediosos del único canal que captaba el televisor y el odio que empezaba a gestarse hacia su esposo. Los sentimientos amalgamados hacían que la efusión de ver a Ricardo ocupase su abstracción, inundando aquel recodo que solía, habitualmente, estar reservado al temor.

Lo supo la noche que regresó de Balboa. Condujo despacio, con pavor, y dedicó sus reflexiones a ellos tres. De Ricardo había poco qué discurrir: él era uno más de los muchachos que buscaban la playa, el sol y una mujer a quien cortejar, de preferencia que sufragara sus gastos. Jorge era afín, aunque él aportaba los billetes. La tenía a ella, su esposa, como a una más de sus pertenencias inventariadas, sin asignarle espacio o interés. Esto lo destinaba a sus negocios, viajes y, desde luego, a alguna que otra "distracción" en San Pedro. Al principio él le describió la isla como un paraíso veraniego, el sitio ideal para descansar, desintoxicarse y broncearse. Comida sana, sol y mar, eran los ingredientes perfectos para unas vacaciones relajantes, pero omitió decir que él no se incluía, que continuaría sufriendo el asfalto, la contaminación y las demoras en los aeropuertos. ¿Por qué? Probablemente por una amante, y la presencia de Judit resultaba incómoda.

—Y acepté cuando todo lo pintó tan hermoso —dijo al recordar eso.

Al principio Jorge estuvo con ella una semana. Luego surgió su primer viaje urgente, irremediable, y ella se percató de la soledad. No le pareció mala, por no representar él verdadera compañía: se ahogaba en la pequeña isla, y pasaban más tiempo en la costa. Cuando se vio sola y conoció a Carlota, pensó que se divertiría más que con él, pero la escritora era ferviente de su soberanía, su privacidad y horas de inspiración. Se veían a ratos, algunos días, pero sin que Judit lograse eludir las noches soporíferas y las cortas caminatas al embarcadero, y pronto la isla se transformó en su presidio.

—Pero me las pagará —dijo frente al puerto, pensando

que Jorge vagaría por ahí, tras algunas decenas de kilómetros, sin acordarse de la Isla de los gansos.

Dio media vuelta, enojada consigo misma. Seguro que ya no acudiría el nadador. Se molestó por haber creído en él, pero es que su pertinacia dotó de alas su fantasía. Aunque tuvo lapsos de indecisión, al fin su avidez fructificó en la certeza, refutando toda lógica. No lo había comentado con Carlota, en parte por vergüenza y porque no auguraba que la relación fuera duradera. Si se reducía al incidente de una tarde, convenía que su amiga no se enterase, pues se evitaría comentarios o empujones para convencerla de agenciarse otro de inmediato.

Adivinó que después de la burla de Ricardo, la noche concluiría más larga y vacía: hizo planes que no se iban a cumplir, además de una cena abundante que ni siquiera probaría, mientras constantemente se embelesaba pensando en él dentro de su tálamo, amotinando su libido contra su razón, afianzando más su determinación de días atrás.

De pronto una sombra se movió frente a ella. Judit profirió un grito y quedó petrificada. Se trataba de un hombre.

—¿Te he asustado?

La voz de Ricardo le inyectó sosiego, y su sangre corrió de nuevo. Había perdido el resuello, clavada en el piso de tablas. Él estaba agazapado bajo el embarcadero, enfundado en un traje de hombre rana, con aletas y tubo respirador. Acababa de salir del agua, sin oportunidad de quitarse la negra vestimenta.

—¡Oh, Dios! —exclamó ella, jadeando agitadamente— Me has dado un susto de muerte.

—¿No me esperabas? —Ricardo, ya sin aletas, emprendió el ascenso al embarcadero.

—Sí, pero… —admitió que él tenía razón, y que el desconcierto radicaba en que se rindió a la decepción— no sé por qué te esperaba por el frente.

—No soy un bote.

—Me he comportado como una tonta.

Después de quitarse el traje de hombre rana, Ricardo se quedó con un pequeño calzón por atuendo abalanzándose hacia la mujer para abrazarla. Judit desbocó su vehemencia, otorgó anuencia a su osadía, y se colgó de su cuello. Él se admiró de que la mujer se mostrase tan efusiva, por lo que accedió a que marcase la pauta.

La boca de Judit se empeñó en abarcar la de él, y sus brazos se enlazaron a su espalda húmeda, evitando que escapara. Luego, cuando requirió aliento, le besó el cuello y el rostro. Él forcejeó para despegarse, atosigado; pero la mujer no se lo permitió, hasta que estimó que había dejado patente que le aguardaba con impaciencia.

—No vino ayer —interpretó él, jactancioso.

—No. Y es el motivo de mi ansiedad.

—Pude haberle sustituido —su tono sonó a crítica y a recordatorio de que él había previsto su soledad.

—Lo sé, pero necesitaba pensar.

—¿En qué?

—En todo. No acostumbro a ser infiel.

Judit cesó de besarle con pasión y se deleitó en su cuerpo casi desnudo. Entonces él detentó la iniciativa. Lentamente sus dedos conquistaron el broche secreto del vestido blanco y éste cayó sobre las tablas. Ella no llevaba nada debajo: había estado dispuesta durante todo el día.

—Vamos a la casa —propuso Judit, a quien le hervía la piel. El ruido de un motor lejano sugería espectadores en el mar.

—Yo también he pensado en ti —dijo él, como negativa a retirarse del muelle. Que pasase una lancha no revestía peligro alguno. Después de un buen rato en el agua, el calor del crepúsculo, resto de la tórrida tarde, invitaba a disfrutar la brisa— ¿Por qué no aquí?

—¿Aquí? —ella examinó el suelo de tablas no pulidas, forradas de algas y líquenes. Desde la primera vez con Jorge, su actividad sexual, la de pareja, se había desarrollado en una cama más o menos mullida y no en lugares tan peregrinos.

—Tenemos una hermosa vista.

Sin que ella se opusiera, él la ayudó a arrodillarse lentamente. Luego los dos cuerpos intimaron con las tablas resbalosas, rociadas de vez en cuando por una ola. Se fundieron en un abrazo asfixiante. La mujer comprobó, al excitarse desusadamente, que jamás habían empleado, ni ella ni Jorge, la imaginación.

Otro bote de motor pasó próximo, a gran velocidad. Ya era tarde para recalar a puerto. Las luces de la sala de la casa de Carlota, suspendida del acantilado, se encendieron. La noche era cálida, silenciosa, y el mar contagiaba su calma. La escritora prepararía con papel su máquina de escribir, para forjar escenas de su novela. Si pudiera distinguir el embarcadero de la isla, no solicitaría musas al horizonte, sino copiar lo que sucedía ante sí. Tal figuración provocó un estremecimiento en Judit. Si Carlota les pudiera ver… Suspiró inhalando el bálsamo de la noche, cerrando los ojos al entorno, y abriéndose para el muchacho. En verdad que la espera había merecido la pena.

Cabogrande comenzaba a apagarse de similar modo en que se iluminó: lento y sin orden. A esa hora sus gentes apetecían la horizontalidad, y no utilizaban luces para ello. Algunos bares, segmentos del alumbrado público y la sala de Carlota continuaban propagando que en aquella zona de la costa había un pueblo. Los botes ya no incordiaban con sus motores. La Isla de los gansos estaba inmersa en la quietud.

En la habitación de Judit una tenue luz, y el sonido musitante de un aparato de radio, informaban que allí no se dormía. La sutil brisa penetraba por el ventanal, esparciendo el olor a humedad, a hojarasca, a sal y la indefinida mezcolanza de fragancias de las flores. Temerosos de turbar el gran silencio, sus ocupantes susurraban. Judit reposaba de lado, con el rostro vuelto hacia Ricardo. Éste miraba al techo, con los brazos en la nuca, aspirando el ambiguo perfume del aire, mixtura del sudor de sus cuerpos y el céfiro exterior.

La cena se había extinguido, devorada por el atraso de Ricardo y la voracidad proverbial de Judit. Las ansias sexuales se aplacaron después del "asalto" en el embarcadero, y luego hubo dos repeticiones más: en la sala y en la cama. Ahora tocaba turno a las palabras, fatigados los cuerpos, ya que ninguno invocaba al sueño.

—¿Por qué no le abandonas?

Era la cuarta vez que él insistía con tozudez. No planteaba la forma en que alimentaría a la mujer. Ella no sabía cómo ganarse la vida. Él lo veía con suma sencillez, aunque su futuro se restringiese al actual verano. Una vez en San Pedro, la fiebre del trópico hallaría una vacuna, y Judit una puerta cerrada. Era fácil soñar en una noche como aquella, cálida y fecunda en erotismo, arrullados por el hálito estival y el murmullo de las olas. En cambio la ciudad les golpearía con su realidad cruda, para gritarles que sin dinero no conseguirían comida, ropa o cobijo.

Judit, sensata más por miedo que por juicio, no era dada a vigilias románticas. Contestó con la firmeza de las veces anteriores: Jorge la privaría de su fortuna, y ella no estaba presta, ni habituada, a sufrir carencias. La pobreza le espantaba además de producirle náuseas; en su niñez la vio de cerca.

—Él no podría divorciarse gratis —Ricardo era contumaz—, hay leyes para eso.

—¿Viviría con doscientos o trescientos dólares?

Ella sabía bien que no, y ni siquiera pensó en agregar un amante a su fantasía, porque de hacerlo, la cantidad se volvería aún más ridícula: aunque callase, intuía que Ricardo no aportaría dinero. Al contrario: sería un dispendio. El divorcio era la manera de decir adiós a un Jorge aburrido, distante y egoísta; pero también a una casa lujosa, automóvil, tarjetas de crédito… y lo que con ellas se adquiría y eso implicaba proscribir a los Ricardos. La había seducido la infidelidad, como placer y venganza, pero sabía que sin dinero, sus "compañeros" no serían igual de "atentos" que éste; o quizá algunos pescadores, o los asiduos de los bares de San Pedro, pero esta perspectiva no era halagüeña.

—Me parece que no, ¿y si pierdo en el juicio? —dijo ella después de hacer cálculos y él corroboraba con los gestos de Judit que tal pensión era una miseria, un cruel insulto.

—¿Te daría tan poco? —cuestionó Ricardo.

—Si por él fuera, me arrojaría a la calle. Incluso si él muriera, apenas me correspondería la mitad.

—¿No eres su heredera?

—En parte. Sus sobrinos recibirían más que yo.

Ricardo soltó una risotada. Judit supuso que la revelación convertiría aquella noche en la última cita. Él no estaba allí gratis y ya no regresaría. Fue consciente de ello desde que lo conoció.

—Y yo que pensé en matarlo —dijo él entre carcajadas— Ya sabes… una viuda rica no es para despreciar.

La mujer le encaró asustada. Él entornó los ojos, leyendo la expresión de Judit. Volvió a reír con más estruendo.

—Era broma —enmendó al verificar que ella palidecía— Las viudas ricas no se casan con pobres como yo.

—Por un momento me horroricé, creí que lo decías en serio.

—Siempre se sueña con eso, pero al final todo sale mal.

Judit cerró los ojos, como requisito para desmenuzar lo oído detenidamente. La idea por sí misma era espeluznante, mas, igual que ocurrió con el adulterio, se adhería a la mente con el subyugante atractivo de lo aventurado y lo prohibido.

—¿Alguna vez lo pensaste? — si bien no abiertamente, ella preguntó deseando seguir con el tema.

—No con tu esposo, pero... —Ricardo hizo una pausa para evocar.

—Cuéntame. Me parece increíble.

Él inhaló con fuerza el aroma procedente del ventanal. Ella dedujo que precisaría inspiración si había urdido una patraña, pero estaba fascinada e intrigada por lo sórdido de tal declaración. Previendo que escucharía una mentira, el interés consistía en adecuar caracteres atrayentes a los intérpretes del terrible drama que se fraguaba en su interior.

—Fue el año pasado. No, el anterior. En Arrecife —era ostensible que lo inventaba— Pero esas cosas no se cuentan.

—¿Por qué?

Judit comprimió el cuerpo de él bajo el suyo. Ricardo sonreía con su estilo peculiar, henchido de vanidad. Sabía que impresionaba la simpleza de ella, a pesar de ser más adulta que él.

—No se habla con una mujer de las andanzas con otra.

—No me hables de ella, sino del asesinato.

—¡Ah, eso! —el tono de su voz infundía que la cosa no tenía importancia— Me lo insinuó, pero no le vi ningún porvenir. Además ella se quedaría con todo, y yo únicamente con el muerto.

—¿Tú debías matarle?

—En un "fortuito" choque de auto. Él bebía mucho y circulaba tarde, manejando como un loco. En tales condiciones no resultaría extraño que se saliera de la carretera.

—Parecía fácil. ¿Te remordió la conciencia?

—La conciencia es obsoleta. No me gustaba ella, y yo no era su tipo. Buscaba a alguien para efectuar el homicidio.

Judit, nerviosa, se puso de rodillas en la cama. Le parecía increíble que alguien pudiera maquinar tal monstruosidad. Pero…, si ella misma lo había pensado espontáneamente; no un asesinato, pero sí que se cayese el avión donde viajaba Jorge. Rezaba, cada día, para que la fatalidad se adelantase e impartiera justicia.

—¿No supiste más de ella? —preguntó.

—No. Pero alcanzó su objetivo. El tipo se precipitó por un barranco.

—¿Lo… matarían? —desorbitó los ojos, sin lograr asimilarlo.

—Tal vez, pero… yo no podría testificarlo. No participé. Supongo que ella consiguió asistencia.

Judit se desplomó de espaldas. Las palabras de Ricardo la habían perturbado. Un accidente… Algo tan simple, que destruye cada día a miles de seres, podría salvarla de su agonía, pero, aunque acaecían con regularidad, Jorge no era candidato: prudente al volante, bebía parcamente.

—¡Qué monstruosidad! —exclamó al concebir el principal problema: atreverse— Yo no podría.

—Todos podemos. Necesitamos motivación y oportunidad —aunque no estudiara mucho, Ricardo declamaba como abogado— Tú lo harías, si supieras que nunca se descubriría.

—¡Yo no! —se asustó de que él leyese su especulación— Me alegraría si muriera, pero por causa natural.

—Ése es el principio. Se comienza pidiendo un milagro. Si te cansas de esperar, cooperas para que se produzca.

—¡No! —Le molestaba que él supiera lo que rondaba por su cerebro.

—Bien, zanjemos esto, puesto que yo no me involucraría en tal asunto.

Se hizo el silencio. Ricardo enmudeció para que ella hablase, pues se traslucía que el tema circulaba por sus emociones. Y no se equivocaba: Judit había resumido todos los posibles caminos a la libertad en tan sólo uno: Jorge no moriría de enfermedad, al menos en los próximos diez años, y rogar para que se cayese un avión era tan disparatado como pedir un rayo vengador. Le aterraba la única solución posible.

—Depende del precio —dijo ella en voz baja.

—El dinero es un buen acicate —él balanceó la cabeza, más convenciéndose a sí mismo que a ella— Nadie rechaza una buena cantidad, un poco de azar y… Todos hemos soñado con el robo perfecto y el crimen sin pistas. ¿De cuánto sería la herencia? —para subrayar que hablaba en broma, empleó un tono jocoso.

—Unos cien millones —ella no vaciló: varias veces había hecho la cuenta, por lo que retenía bien la cifra.

Ricardo, en el acto, cambió la mímica de su rostro. Relució el desplante de suficiencia y de petulancia, borrando completamente su repulsa al dinero. Ser rico no quiere decir mucho, a no ser que se especifique la cantidad. Cien millones sonaba a todos los millones del universo.

—Bueno… —aclaró la mujer— mi parte sería menos de la mitad.

—No pensé que tu esposo fuera tan rico —dijo él tragando saliva.

—Ya no te veo muy inflexible en eso que… "tú sabes".

Él no respondió. Iniciaron con una broma, pero después de licenciar las lenguas, se diría que una proposición flotaba en el ambiente.

—¿Lo harías? —Ricardo renunció a su postura indolente. Hundió sus ojos fijamente en Judit, evidenciando que hablaba en serio.

—¡No!

Se alarmó al oírse, ya que en su voluntad había una afirmación. Al escuchar en voz alta la cifra tantas veces calculada, estimaba que el riesgo, si bien alto, valía el esfuerzo. Pero intuyó que él no era la persona idónea, quizá porque lo había sugerido. Además, no le quedaba claro si tomó parte en lo que relató, o consideró que a la narración convenía adaptarle un substituto.

—Era tentador —dijo Ricardo, regresando a la contemplación del techo— Sabía que tú no te animarías.

—Tú tampoco, por lo que cuentas.

—Ésa es la suerte de tu marido.

—¿Y cómo lo haríamos? Me divierto con estas absurdas simulaciones.

Él cerró los ojos. Había tantas formas de suprimir a alguien. Pero no era el caso.

—Tú le conoces y elegirías el momento propicio —dijo él, queriendo cerrar el asunto— No obstante, recapacita en que la esposa es la sospechosa principal, especialmente si hay dinero de por medio.

—¿Y en un accidente como el "otro"? —enfatizó.

—Un accidente es otra cosa. Siempre existió la probabilidad y… se cumplió.

—No en el caso de Jorge.

Judit bostezó. Pasaba de media noche, y ella se quedaba dormida a las diez. Él descifró lo que la mujer esbozaba. En realidad el tema le aburría, y se acentuaba al discutirlo con ella. Judit era un manojo de nervios, y organizaría un escándalo por una conversación en broma.

—Mañana temprano debes irte —insinuó ella.

—Ya veo que no deseas que lo olvide. No te preocupes, pues no estaré cuando despiertes.

—¿Volverás?

—Sí. ¿Cuándo?

—No lo sé —después de saciado su apetito sexual, optó porque la relación terminase— Yo te avisaré.

—¿Cómo?

—Me pondré en el embarcadero, como hoy.

—¿Esperas que venga cada noche, para ver si quieres compañía? —su tono era duro. Los miedos de ella, unido a que le manipulaba como a un títere, le irritaban.

—Yo iré a Balboa.

—De acuerdo. Si vas, y no estoy ocupado, concertaremos una cita.

El diálogo había derivado en desastre. Ambos se sentían molestos, con pocas ganas de nuevas citas. Ricardo también bostezó, y escogió postura para dormir. Judit se sumió en sus cavilaciones. No se sentía segura de nada, salvo que la muerte de Jorge significaba su liberación.

V

La cabellera larga y amarilla de carlota ondeaba al viento. Ella, en la popa de su lancha, de pie y manejando el timón, oteaba el horizonte como marino experto. Ante sí, prevaleciendo de la línea divisoria del mar y el cielo, un pequeño islote era su destino. A escasa separación de la costa, frente al morro de la bahía, se formaba el estrecho paso hacia Balboa.

Divisó la playa, ampliación de la roca en las mareas bajas. Allí estaba él, con el brazo en alto, enarbolando una camisa azul.

"Es cumplido", pensó la mujer enfilando la proa hacia la playa.

Apagó el motor para que el bote varase por la inercia. Sabía calcular la distancia y la oposición de las olas. Tocó fondo arenoso, y ella alistó el ancla. La marea alta, en menos de una hora, pondría el bote a flote. Luego las olas cubrirían el arenal y tan sólo emergería la parte rocosa en la que crecían arbustos ralos y espinosos.

Él corrió hacia el bote, batiendo el agua y gozando que le salpicase el pecho y el rostro. Un traje de baño era su única prenda. Se acercó al costado de babor y extendió los brazos.

Carlota se dejó cargar, abrazando el fuerte cuello del cargador. Era pura cortesía por la poca profundidad circundando el bote.

—Llegaste puntual —reconoció ella.

—Hace media hora. Aproveché la marea baja.

Ricardo la colocó suavemente sobre la arena seca. La mujer se enderezó y aguardó a tenerle cara a cara. Se abrazaron en un prolongado beso, sin preámbulos ni preguntas. Se recrearon con brío, hasta que demandaron tregua.

—Tenía muchas ganas de verte —dijo él.

—Yo también, pero era peligroso. Ella podía ir a Balboa.

Carlota se estiró en la arena. Encima del traje de baño rojo llevaba una bata transparente, para acarrear la cajetilla de cigarrillos. Evitar que la prenda se mojase, era más un rito que un requisito. Las sandalias de plástico no se hubieran visto afectadas.

Ricardo se acostó a su lado, abalanzándose desde un metro. Era obvio que le apasionaba exhibirse. Se tumbó boca arriba, en su postura favorita.

—Iré a tu casa esta noche —anunció— Ya no soporto más.

—No es sensato.

—¿Entonces…?

—Hablaremos aquí.

—No me refería a hablar.

—Sé a lo que te refieres. Yo tengo gustos heterogéneos, pero la arena no es uno de ellos.

—Iré a tu casa —neceó él.

—Alguien podría verte.

—Seré precavido.

—Bien… —no le parecía buena idea, pero él era pertinaz— Hablaremos allí.

—Ya que estamos aquí hablemos… prefiero destinar la noche para lo "otro".

—¿Lo principal?

Carlota extrajo de la bata la cajetilla de cigarrillos. No le ofreció a él y encendió uno. Ricardo sacudió la cabeza, desaprobando el mal hábito.

—¿Qué te pareció? —preguntó la escritora después de una bocanada.

—Lo que dijiste: una tonta.

—Eres muy duro con ella. Judit es una mujer sencilla, que nunca antes ha enfrentado una circunstancia delicada, pero no es tonta. ¿Qué opina de ti?

—Lo que proyectamos. Barrunta que me impulsa su dinero y se previene.

Ricardo se incorporó para descifrar el rostro de la mujer. Ella fumaba con los ojos cerrados debido a que el sol le daba de frente. Percibió la sombra del muchacho y los abrió.

—No me hablaste de tanto dinero —dijo él en tono de reprensión.

—¿Qué dinero?

—Los cincuenta millones de herencia.

La escritora dio rienda suelta a su más frenética hilaridad, y se atragantó con el humo del cigarro. Tosía mientras se sentaba. Al recobrar el aliento no continuó riendo, y compuso una mueca con estampa de serenidad.

—Él no le dejará nada. Si acaso, una de sus empresas le pasará una pensión —Ricardo confiaba que su testimonio era de primera mano, cosechado en el lecho, superior a la información que se le da a una amiga.

—¿Y el testamento, lo leíste?

—No, pero ella lo mencionó.

—Es a ella a quien no mencionan en el testamento —dijo Carlota— Ni siquiera ha visto un solo papel. Él no comparte nada con ella. ¿Supones que le haría partícipe de que su cabeza vale esa cifra?

El joven se mordió el labio inferior. No conocía a Jorge, aunque por lo que había oído, no le calificaba de bobo. Tentarla con tal cifra era desatinado y de alguien con muy poco seso.

—Entonces no entiendo nada —dijo como corolario de sus pensamientos.

—Ella necesita un cómplice y debe estimularle con algo. Cincuenta millones es buena recompensa para cualquiera.

—Pero… se rehusó a planearlo. Fui yo quien encauzó el tema.

—Te aceleraste. Ella lo hubiera hecho tarde o temprano. Quiere que le sigas el juego. ¿Por qué lo insinuaste?

—Ya era tarde y ella no parecía dispuesta a hablar de su esposo.

—¿Quién es la tonta, o el tonto?

Carlota lo censuró con la dureza de sus ojos. Ricardo evitó la mirada, observando cómo se mecía la lancha. La mujer era, evidentemente, mucho más sagaz.

—Ella te eligió —remató la escritora.

—Yo estuve en el camino, como acordamos —recordó él.

—Le apremiaba alguien y te presentaste. No fue difícil, ¿o sí?

—No. Es que… —se sentía molesto— me anticipé en lo de eliminar al tipo. Lo dije como una broma.

—¿Y ella?

—Se asustó, pero no paraba de preguntar.

Carlota arrojó con ira la colilla del cigarro. Arrostró a Ricardo con brusquedad.

—¿Le dijiste que tenías que ver con una muerte?

—No. Cité el accidente, estableciendo que yo no tomé parte. Fue una hipótesis.

—Y de mí ¿dijiste algo? —las pupilas de la mujer despidieron chispas.

Ricardo se tornó lívido. Era patente que había hablado de más, lo mismo que en la isla. No era tan juicioso como pregonaba ante Judit.

—No. ¿Cómo crees que lo haría? ¿Ella sabe de qué murió tu esposo?

—Ni si quiera sabe que existió un esposo.

—Y así seguirá. Le dije que me lo propusieron en Arrecife y lo rechacé.

La escritora se calmó lentamente. Sacó otro cigarrillo y lo encendió nerviosamente.

—Ten cuidado, que puede descubrirte. Ella no es muy inteligente y, por ende, desconfía de todos y de todo. Quiere deshacerse de él, pero no encuentra un método eficaz y pulcro.

—No parecía resuelta.

—Lo hará según pase el tiempo. Te has apresurado. Ella debe ser quien lo exponga, y quien te ruegue para que la ayudes —le aleccionó.

—No lo hará. Se ve que no se atreve.

—Lo afrontará cuando se desespere. Yo sé lo que piensa, y la tiene obsesionada, aunque teme hasta del aire que respira. Ella te lo sugerirá.

Ricardo se puso de pie y avanzó hasta el borde del agua. Pulgada a pulgada, el arenal se iba angostando. Giró sobre los talones y declaró:

—No volverá.

—¿Qué es lo que sucedió?

—Se asustó. Parecía a punto, pero de pronto cambió de idea.

—¡Tú la asustaste! —le gritó señalándole con el dedo.

—¿Yo…? Pensé que aceptaría encantada. Tú misma lo dijiste.

—Pero… ¡No entiendes nada! ¿Crees que es como yo?

Carlota se puso de pie y fue al lado de él. Ricardo parecía un niño presagiando una paliza. Ella alzó los brazos, pero fue para clamar al cielo:

—Yo estaba harta de él y sabía qué hacer y cómo, y tú apareciste casualmente. Obramos rápido, prescindiendo de un plan. Él estaba listo, asomando al borde del precipicio. Con ella es diferente. Le inquieta la pérdida de su estabilidad, el futuro y… tú —recalcó— Además le atemoriza él.

Ricardo se rascó la sesera. Ante Judit se ufanaba de talento, pero no así al lado de Carlota.

—¿Entonces…? —preguntó.

—Hay que esperar a que se decida. Sé que está madura. Tú no replantearás ese asunto. Es más, si ella lo hace, di que fue una broma. Que te ruegue hasta que cedas. Cometiste una equivocación al adelantarte.

La escritora paseaba ante él unos metros hacia la izquierda y los mismos a la derecha. Él la contemplaba igual a un partido de tenis.

—No creo que me llame —dijo.

—Lo hará. Si casi lo confiesa, no irá con otro a comenzar de nuevo. Y tú te resistirás. Incluso déjala plantada en la isla.

—Diré que me negué una vez y lo hago la segunda.

—Me parece bien. Pero no seas demasiado rotundo y otórgale una expectativa.

Él se cansó del rápido pasear de la mujer. Ya había pasado lo peor y podía enfrentarla. Se situó ante ella, deteniéndola.

—¿Qué ganaré con esto? —preguntó, agarrándola del brazo— No fue mucho contigo.

—Has vivido un amplio período gracias a ello —le enjaretó con aspereza—, y sin hacer gran cosa —se zafó de él con violencia— Pero ahora sí hay dinero por medio. La otra vez… —sonrió con cinismo— era una cuestión amorosa.

—¿Qué amor? No te refieres al tuyo, ni por él ni por mí.

—Amor propio, entonces.

—¿Sigue siendo un misterio tu interés? Si no hay dinero para ella…, ¿quién está tras esto?

—Para ti es secreto, y te conviene que así sea. Alguien quiere deshacerse de Jorge y pagará bien el trabajo. Entretanto, está sufragando los gastos.

—No tan caros los míos como los tuyos.

—No es el momento de hacer cuentas. Tienes tu parte y se incrementará al final.

Ricardo le dio la espalda. Corrió por su camisa, que ya estaba en la zona que alcanzaba el agua. La tiró hacia la roca y viró con una pirueta, con rostro fiero.

—¿Y si me niego? —preguntó.

—No lo harás.

—¿Por qué? —él se plantó en jarras, desafiante.

—Porque estuviste antes conmigo y ahora vuelves a la sociedad.

—No puedes obligarme. Eres tan culpable como yo, o más; y si caigo, caes tú.

—El hambre lo hará. Se han agotado las reservas, y ésta es una buena oportunidad. Tú no tienes oficio ni beneficio, además de que no te gusta trabajar.

—Consíguete otro. Yo seguiría cobrando, aunque él haga el trabajo.

—Si te sales, me hundes. Pero tú acabarás peor parado. Hay fuertes intereses en el asunto y no hallarás dónde refugiarte.

Él desistió de su aire retador. Se balanceó sobre un pie, con su arte peculiar de pedir disculpas.

—Quería comprobar si dabas algún nombre —manifestó, yendo hacia ella.

—No me encontrarás desprevenida.

—¿Sería tan grave que yo lo supiera?

—Es mejor, para todos, si lo ignoras. Es suficiente con que sepas que te financiará un largo viaje.

—¿Nos iremos del país?

—Es lo prudente, siquiera por un tiempo.

Carlota consultó su reloj. La marea alta era propicia para regresar a Cabogrande. No tardaría en anochecer y la entrada a la bahía se llenaría de lanchas pesqueras.

—Te acercaré a la costa —le dijo a Ricardo.

—No muy lejos del pueblo, porque te visitaré esta noche.

—Asegúrate de que no te vean dirigirte a mi casa.

—No entiendo la razón para tanto miedo.

—Judit es conocida en Cabogrande y alguien puede relacionarme contigo y comentarlo. Y con ella, no debes andar fuera de Balboa.

—¿Crees que la policía meterá las narices?

—No hay nada qué perseguir de momento. Mas las formalidades previas son esenciales, por si se decide. Alguien ha invertido mucho en todo esto.

Él aceptó con un cabeceo. No le satisfacía lo que ella denominaba "esto", pero ya estaba dentro, se tratara de lo que se tratase.

—Mañana permanecerás en Balboa, por si ella opta por buscarte —le ordenó Carlota— Aunque… —miró al agua, meditando antes de puntualizar—, lo pensaré detenidamente, imitando el estilo de ella. Ahora me voy a casa y veré la manera de descubrir algo. Cualquier novedad, te la comunicaré en la noche.

Ricardo, sin que se lo pidiese, cargó a la mujer, entró en el agua que ya frisaba su cintura, y caminó hacia el bote.

❀

—He estado atareada. ¿Y tú?

Carlota se desmoronó en el sofá. Se había despojado de la bata y lucía el traje de baño rojo. Judit coincidía en tal guisa, aunque no se había arrimado al agua.

—Como siempre —Judit se sentó en la alfombra frente a su amiga— Él se fue a sus asuntos sin decir cuándo reaparecería. Otra semana de… aburrimiento.

—¿No has seguido mi consejo?

—Fui a Balboa, pero… —calló, analizando alguna excusa plausible. No mencionaría a Ricardo, por lo menos mientras despejaba si cerraba totalmente aquella puerta— fracasé. No logré armarme de valor —remató—, es algo superior a mí: tengo pavor de que él pueda enterarse.

—¿Cómo se enteraría? Nadie te conoce, excepto yo. Él no se ha prestado a hacer amigos por aquí.

—¿Sabes?, he estado pensando y creo que tiene algún espía alrededor.

Carlota lo acogió con incredulidad. No estimaba útil espiar a alguien que constantemente lo hacía a sí mismo.

—¿Sospechas de alguien? —preguntó, prediciendo una convicción infundada.

—No de alguien en especial, pero se me ha clavado esa idea. Él está últimamente muy raro.

—¿Y tiene razones para ello? Si no hubo nada en Balboa…

—Serán cosas mías. Al estar sola en esta isla pequeña, veo fantasmas tras cada árbol.

—¡Ah, eso! —la escritora se llevó la mano derecha a la frente, indicando que había omitido algo importante— Se han cometido robos en las casas de los que vienen cada fin de semana. Debes estar prevenida —advirtió— Y coméntaselo a él.

—He oído rumores. Ya se lo dije, pero no me dedicó ninguna atención.

—Aumentan cada año. Hay mucha gente rara en las playas. La policía de Cabogrande está pidiendo documentos a los que van de paso.

—¿Crees que osen asaltar la isla?

—Puede tentarles. De noche, en un bote, no serían vistos desde la costa.

Judit señaló la puerta principal que, al igual que las ventanas, carecían de protección. Era miedosa por naturaleza, y se acentuaba con la ayuda de los rumores.

—Voy a pedir que fijen barrotes en las ventanas —proyectó.

—He comprado una pistola.

—¿Una pistola…? —Judit se quedó boquiabierta. Las armas jamás le habían atraído y no recordaba haber tenido una en la mano— ¿Sabes usarla?

—No veo que sea nada difícil. Apuntas y disparas. Si el atacante, o ladrón, te embiste, no será milagroso dar en el blanco. Y si está lejos, se asustará y huirá.

—No podría.

—Si te ves acorralada, podrás. Coméntalo con Jorge.

—No accederá. A él tampoco le gustan las armas.

—Te presto la mía, por un tiempo. Hay que defenderse o, al menos, sentirse confiada. Con un arma a mano me figuro que estoy acompañada.

—Tú eres distinta.

—Pero los asaltantes son todos iguales.

El sol preludiaba su retiro de la ventana. Pronto se rendiría a la noche y Carlota se iría. Judit, alarmada por la conversación, negoció prolongar la estancia de su amiga.

—¿Te quedas a cenar?

—No. Voy a escribir un poco. Estoy muy retrasada en esta novela.

—Cenas y te vas. Así no cocinarás en tu casa.

—Olvidas que nunca lo hago. Esperaré un rato, pero no me quedaré. No soy la sustituta de una pistola —lanzó la enésima bocanada de humo rumbo a la ventana, y preguntó— ¿Qué dice él?

La pregunta era vaga, además de no tener ilación con lo que hablaban. Judit barajó las dos identidades probables. Era dudoso que supiera de Ricardo, pero no imposible.

—¿Jorge…? —aventuró.

—Sí. ¿Cuándo piensa tomarse las tan postergadas vacaciones?

—A este paso, nunca. Lo promete para cada sábado, pero surge un nuevo negocio que se lo impide.

—No entiendo cómo le toleras. Yo ya le hubiera dado un ultimátum.

—Tú te vales por ti misma. Yo, en cambio, no sé hacer nada.

—Lo que haces aquí es peor que nada. ¿No le has amenazado?

La escritora encendió un cigarrillo. Judit extendió el brazo, pidiéndole otro. Apenas fumaba, a no ser que estuviera nerviosa.

—¿Con qué? —preguntó— ¿Con dejarle?

—Podría ser.

—Le haría un gran favor.

—¿Ya no te quiere?

—No lo demuestra. Me imagino que existe "alguien". No sería nada extraño.

—¿Y aguardas a que él destape su adulterio?

Carlota enseñó los dientes, en un visaje de burla. Judit bajó la cabeza, para enfrascarse en la trama de la alfombra. Siempre claudicaba y admitía que su amiga era más perspicaz y, sobre todo, que leía en ella como en una de sus novelas.

—Sería igual, ¿verdad? —comprendió.

—Sí, o peor. Si él elige el momento, tendrá ventaja —arqueó las cejas, pensativa— ¿Por qué suponemos que lo hará o que hay alguien? Quizá sea real lo de su trabajo.

—No lo creo. He conocido épocas de mucho trabajo, pero no se ha portado tan esquivo. Le he observado estas semanas. Viene por obligación y se queda lo menos posible. Si tuviéramos un hijo...

Carlota brincó en el sofá, dando una palmada en el brazo acolchado de éste. Su rostro se tornó duro y su voz furiosa.

—¡Peor!, ¡peor para ti! Así, libre, estrenarías nueva vida. Con ataduras estarías más desorientada. Pero... —consultó su reloj— creo que nos excedemos en conjeturas.

—Me mentalizaré para que no resulte una sorpresa. Lo he hecho todos los días, pero no me atreví a comentártelo. Ahora me siento mejor.

—Fíate en tu buena suerte, aunque rezando para que se produzca el milagro.

—¿Cuál?

—A veces los hay en forma de rayo justiciero o una enfermedad tropical —la escritora se puso en pie estirándose. Le cautivaba el sofá de Judit, no obstante que solía levantarse con los músculos agarrotados.

—Estará vacunado, aunque no hayan inventado la vacuna. ¿Por qué no te quedas a cenar?

—Me voy ya —leyó una súplica en el semblante de Judit y concedió—, pero tomaré una copa y algo rápido.

Judit se apresuró a ir a la cocina. Mientras elaboraba unos emparedados, pensó en cómo lograr que la escritora le sugiriese la escapatoria que ella no ideaba. Se le ocurría una, pero... era demasiado drástica. Regresó con prontitud.

—¿Has pensado en el divorcio? —Carlota tenía preparada la pregunta.

—Sí, y creo que a él me dirijo. Estoy convencida de que Jorge lo está provocando intencionalmente.

—¿Te divorciarías bien?

—No. Sus abogados se encargarían de darme un empleo y un mísero sueldo.

—¿Y tus propiedades? —Carlota desorbitó los ojos. Con la mano derecha abarcó el techo de la cabaña.

—A nombre de sus empresas, igual que este traje de baño. Jorge no es tonto.

—No suelen serlo los sinvergüenzas. Yo no tengo mucho; pero es todo mío.

—Gozas de un modo de ganarte la vida.

—De seguir a flote. No recibo mucho de mis novelas. Pero no me quejo. Amo la libertad y prefiero ser pobre a debérselo a alguien. Así pues —elevó el índice encañonando a su amiga— que aguantarás hasta que él se decida. ¿Abrigas la tonta idea de que tenga un devaneo pasajero?

—No. Será pasajera; pero a ésta le seguirá otra. Él ya no me quiere… y eso se nota.

Carlota depositó el plato encima de una mesita, apartando la lámpara y el cenicero. Alzó los brazos al cielo, exclamando a gritos:

—¿Qué estás aguardando, entonces?

—No lo sé —Judit se encogió de hombros— Debo solucionarlo antes de que me vuelva loca aquí. Pero no sé qué.

—Dejarlo con su isla y dinero. Dispón las maletas, llénalas con lo indispensable y… ¡adiós Jorge! No entiendo lo que te retiene aquí.

—Nada, o la perspectiva de que él me ofrezca un buen divorcio. Incluso, a veces, confío que se canse y se quede en casa. Pero cada día que pasa me confirmo que… —dos lágrimas asomaron en sus ojos— fui, y soy, muy tonta.

—En eso concuerdo contigo. Quise ayudarte, cuando menos a que las horas no se te hicieran tan largas; pero jamás escuchas mis consejos.

—¿Cuáles? —Judit abrió la boca con estupor.

—Respecto a un desliz —Carlota también se asombró. No entendía cómo su amiga tenía tal falta de memoria— Fuiste a Balboa regresando con las manos vacías.

—Sí —seguía temerosa de hablar de Ricardo— Pero voy a considerarlo esta vez… aunque eso no resuelve lo de Jorge.

—Ese problema tiene otra solución. Pero, ¿por qué no pruebas primero lo que la vida te ofrece? Te determinarás si paladeas el mundo que hay ahí afuera —señaló la ventana. Ya había anochecido y no se vería mucho de tal mundo.

—¿De qué serviría?

—Para suministrarte la valentía de desafiar a tu esposo. Que corrobores que él no es el único hombre sobre la tierra, y que, si te descuida, habrá brazos que te acojan.

—Tal vez tengas razón.

—La tengo.

—Lo voy a pensar —prometió.

—Sí —Carlota volvió a vigilar su reloj—, pero lo harás tú sola, porque voy muy atrasada en la novela.

Se puso en pie. Judit deseaba seguir charlando, ahuyentando sus temores en vez de asumir que ella sola afrontaría su futuro. Carlota podría inspirarla, pero no viviría por ella o sería su portavoz ante Jorge.

—Lo voy a pensar —insistió.

Para prolongar un poco más la compañía de Carlota, Judit la siguió hasta el embarcadero. Al bajar los escalones, a fin de no reincidir en el trillado tema, preguntó:

—¿De qué trata tu actual novela? Nunca me has permitido leer una.

La escritora se detuvo y sonrió a la luz de la luna. Luego continuó hasta el barandal, se apoyó en él de espaldas, y dijo:

—No te gustarían. Tu concepto de la vida difiere mucho del mío.

—¿Y qué tiene que ver eso?

—Son un poco… crudas. Mis personajes proceden de un submundo que a ti te está vedado.

—Siempre me intrigas. ¿A qué te refieres?

Carlota se encaminó a su bote. Antes de saltar a él, dijo:

—¿Recuerdas mi fama de lesbiana? Quizá la motiva lo que escribo, aunque ni un ejemplar se haya vendido en Balboa.

—¿Así que… es relacionado con el amor de dos mujeres?

—Dos o más, y no solamente mujeres, sino también hombres. Como ves, es un mundo que está muy lejos de ti.

Judit se quedó pensativa. Ciertamente le era ajeno el ambiente que su amiga retrataba. El inmediato, recurrir a un amante, aún no lo asimilaba.

—¿Comprendes por qué no te regalo una de mis novelas?

—Pues ahora que me has explicado el tema, te exijo que lo hagas. ¿No acabas de decir que enfrente el mundo exterior?

—El que describo es más interior que exterior, y lo sórdido te puede dañar. Aunque si crees estar lista…

—Si no le estoy, te lo haré saber. ¿Me regalas una?

—Te la traeré mañana.

VI

Carlota había revisado constantemente las manecillas del reloj de pulsera, comparándolas, igual número de veces, con las que colgaban de la pared. Ricardo no tardaría en presentarse; el tiempo pasaba volando. Había dejado abierta la puerta principal, y además percibiría su arribo desde lo alto de la sala. Acostada en un sillón, su postura favorita, con las piernas en un brazo de éste, tenía el teléfono posado en el vientre. Fumaba uno de sus inseparables cigarrillos, apilando la ceniza en un cenicero junto a su cadera. Una monumental fila de colillas testificaba que había pasado la tarde en casa fumando.

Una voz masculina sonaba en la línea. La escritora escuchaba con atención, jugando con el auricular.

—¿Y no desconfía de ti? —preguntó él.

—No, porque la dejo pensando en el desenlace. No tardará en discernir que es la única salida.

—¿Va a volver a ver a ese... joven?

—Supongo que sí. Él me informará de todo, en cuanto ella se lo diga.

—¿Y él tampoco desconfía?

—Quiere saber más, pero no presionará. Tiene miedo, al presentir que alguien poderoso está tras esto.

—No sería saludable que hiciera preguntas. ¿Y no le revelará a ella que te conoce?

—No te preocupes, porque yo le controlo. Tiene un par de cosas qué ocultar, que no le gustaría que se hicieran públicas. Él hará el trabajo duro, azuzado por una jugosa gratificación.

El hombre guardó silencio por unos segundos. Tras la pausa, reanudó el diálogo.

—Sabes que no me gusta usar el teléfono. Es peligroso.

—¿Cuándo nos vemos?

—Voy a conseguir un rato libre. ¿En dónde?

—En mi casa no —Carlota pensó un segundo— Si acaso… en las afueras de Balboa.

—Recuerdo el lugar.

—Ése mismo.

Ella lo conocía bien, y no porque él se lo mostró, sino por frecuentarlo acompañada por varios más. Le gustaba el motel, su alejamiento del bullicio, el aparente incógnito y las cortinas de grueso terciopelo raído.

—¿Y por qué no vienes a San Pedro, como siempre? —propuso él.

—Ahora no sería prudente estar lejos de Judit.

—Ni de él.

—Ni de él —convino Carlota— No me llames, yo me pondré en contacto.

—¿Cuándo? —la voz de su interlocutor denotaba gran urgencia.

—Mañana o pasado. ¿Vendrás antes del sábado? —evidentemente, la razón era distinta, pero la urgencia parecida.

—Lo intentaré. ¿Qué hay del arma? —amortiguó el tono de su voz, considerando que la palabra era muy comprometida.

—Una pistola. Ricardo la adquirirá —ella, por su oficio, manejaba el término como si se tratase de un vegetal.

—¡Perfecto! A él le inculparán en caso de una investigación. Estaba intranquilo por ese detalle. ¡Eres una maravilla! —olvidó la prudencia anterior.

La escritora cerró los ojos. Aprobaba tal cumplido, persuadida de que era merecido. Le guiñó un ojo al auricular mientras decía:

—Espero que no se te olvide, cuando vengas.

—Ya sabes que nunca me olvido de ti.

—¿Y de lo mal que se venden mis novelas?

El hombre prorrumpió en carcajadas. Carlota hizo un mohín con pocas ganas. Regañó en silencio al teléfono sobre el regazo, porque su interlocutor menospreciaba el prosaico dinero. Se notaba que a él no le era esencial, ni tenía cuentas pendientes en las tiendas de Cabogrande. En cambio para ella se había convertido en una pesadilla.

—¿Otro préstamo? —preguntó el hombre.

—Un anticipo del pago final. Además, debo darle algo a Ricardo. Se mantiene con dificultad, y la escasez puede empujarle por otro camino.

—Llevaré efectivo. No me agrada, prefiero las tarjetas, pero hay casos en que...

Se escuchó un crujido abajo. La puerta se abría sigilosamente. La mujer no se asustó, puesto que se trataba de su aliado. Susurró turbada al auricular:

—Yo te llamo.

—¿Qué ocurre?

—Tengo visita.

—¿Es él?

—No lo sé —mintió.

Suavemente colgó el teléfono. Ricardo aparecía en la penumbra, con la cautela de un ladrón. Enfocó hacia arriba. Ella estaba en su sillón, aguardándole con un cigarrillo en la mano. Cerró la puerta y se dirigió a la escalera.

—El buen Ricardo —musitó Carlota— ¿Qué haría yo sin él?

❁

El repiqueteo de la máquina de escribir sofocó los pasos de Ricardo. Éste espió por encima de su hombro, deteniéndose en la línea inconclusa. Fue entonces que la escritora sintió la respiración junto a sí. Se estremeció.

—No me gustan los sustos —dijo encarando al joven—, y tampoco los fisgones.

—Te gustan pocas cosas.

Él se marchó riendo y se sentó frente al ventanal. Amanecía, y en la bahía se iniciaba el ajetreo. Acababa de despertarse, y no se había duchado. El traje de baño, única prenda, estaba húmedo y pegado al cuerpo. Por su pecho escurrían algunas gotas de sudor.

—Tengo mis manías —respondió ella.

—Como escribir en la madrugada.

—El calor me impedía dormir.

Carlota vestía una bata ligera, transparente, que se unía a su cuerpo como segunda piel. La casa no tenía aire acondicionado, y parecía horno de panadería. Ella no era afecta al calor extremo, pero soportaba una temperatura bastante tórrida. Sus pocas carnes ayudaban.

—Anoche te dormiste pronto —le reprochó él.

—¿Molesto? —Carlota encendió un cigarrillo, hizo rotar la silla y se situó frente a frente.

—Decepcionado. Antes eras más… apasionada.

—La costumbre aminora las ansias.

—No las mías.

—Yo no tengo tus años.

—¿Y tampoco "otro"?

—Tal vez… —aceptó ella, retándole. Impulsó el humo hacia el techo, recreándose al verlo ascender— Lo nuestro no se fundó en el amor, así que no alegaré que ha muerto. Nunca estuvo vivo, ¿o sí? —le apetecía mortificar al joven una vez satisfecha su lívido. No se sentía inferior en la cama, por lo que era inexplicable su reiteración en ser superior una vez fuera de ella. No existía razón para herirle constantemente, a no ser vengarse de una afrenta pasada.

Ricardo abrió una hoja del ventanal. Absorbió la brisa y encomendó a ésta el secado de su cuerpo. El mar enviaba aire moderadamente más tibio. No le concedería el placer de discutir porque, además de salir perdiendo, resultaba mala forma de pasar la noche.

—¿Y si hubiera otro? —insistió ella.

—No me extrañaría. No sería la primera vez —él podía jurar que ambos recrearían la misma imagen, sin necesidad de pronunciar un nombre.

—¿Tú me eres fiel? —Carlota sí deseaba pelear. Dejaría bien sentado que ella era la que mandaba, para que él no acariciase ideas extrañas.

—No. Pero porque me desatiendes.

—¡Ah, por supuesto!

Carlota se levantó y acercó al ventanal. Ella también necesitaba aire para que la bata se despegase del cuerpo sudoroso. Ricardo la contempló sin entender, previendo una explicación.

—Las mujeres de edad, las caducas… ¿No es así como nos apodan los de tu generación? —los ojos de tigre de ella indagaron dentro del muchacho, más allá de su posible respuesta— No te complacemos como tú requieres.

—Tú no eres vieja.

—A tu lado, una anciana. Si lo piensas de Judit, que es más joven, ¿qué dirás de mí?

—Son casos distintos —se excusó sin mucha convicción.

—¿Mucho? —ella comprendió que era pura fórmula para aplacarla.

—Tú sabes que me gustas.

—Soy —solicitó al horizonte la definición— ¿interesante? —giró sobre sus talones de improviso, intentando sorprenderle— ¿No se dice así cuando ya no hay hermosura qué destacar?

—A mí me gustas —él parecía un perro zalamero ganándose una galleta.

—Porque te domino en la cama. Por mucho que infles el pecho y enseñes músculos, yo soy mejor que tú en el sexo. Y no soy Judit.

—Eso ya lo sé. Escribiste *Las mil y un camas*.

—A ella la impresionas porque te compara con su esposo, su exclusivo y deficiente paradigma. Yo te aventajo, y eso te azora.

Él abatió la cerviz. Inspeccionó las rocas del acantilado. Juzgaba que se vería ridículo declarando que la amaba. Incluso se arriesgaba a que Carlota le espetase una carcajada. Se sentía mal en su papel de marioneta, pero no podía reivindicar personaje de más relieve. La mujer le cautivaba, con una mezcla de pasión y temor que le mareaba.

—Tu práctica ha sido larga —musitó.

—¿Me llamas puta, o experta?

—Tienes mucho qué contar. No sé cómo le llamas a eso.

—Es lo que hago —lo dijo con tono de orgullo— Después de quedar libre rehice mi vida y puse empeño en eso.

—Antes tampoco te cohibías. ¿Mala memoria?

—La farsa social impone ataduras, aunque sean endebles.

Se apartó del ventanal, fue a la mesa, se detuvo ante la máquina y extrajo el papel. Cuidadosamente lo introdujo en una carpeta. Era un borrador inservible, pero ella reputaba cada frase como un cúmulo de furia creadora. Luego se acostó en el sofá encendiendo un nuevo cigarrillo con la colilla del que estaba por extinguirse.

—Nunca te prometí otra cosa que no fuera dinero —lo pensó mientras guardaba la página de su nueva novela. Sabía que así fue, pero quizá él no lo recordaba.

—Esperaba algo más. El pago no fue suficiente.

—Sabías que no habría nada más. No entiendo por qué te ha entrado esa idea de querer ser parte de mi vida.

—Me he cansado de vagar.

—¿A tu edad? —la escritora movió la cabeza y esbozó una sonrisa— Eres un viejo prematuro. No hace mucho te gustaba recorrer el mundo de cama en cama, con cenas gratis y algo de efectivo.

—Me aburro de ellas —se refería a las del estilo de Judit— Es evidente que hay algo mejor.

—El dinero —Carlota expulsó una bocanada de humo al aire. Volvía a sudar, pues el sol había asomado por la colina tras Cabogrande, y ya atormentaba a sus habitantes— Eso es lo que te falta. Sin él, únicamente eres un gigoló.

—Suena horrible cuando se refiere a uno mismo —dijo Ricardo.

Con indolencia, Carlota se replegó al sillón, pasó ambas piernas sobre el brazo de éste y se hundió cómodamente en la mullida tela.

—Las jóvenes de tu edad, a las que aspiras, buscan riqueza —continuó ella—, y nosotras, las Judit y yo misma…

—Me usáis —Ricardo soltó parte de la rabia contenida.

—Más o menos. ¿Crees que Judit está loca por ti?

—Le gusto. No todas son tan frías como tú.

—Ella es un témpano. Y, por supuesto, muchísimo más mentirosa.

Ricardo desalojó el sillón de un salto, y se plantó en el centro de la sala. Con las piernas abiertas, tensando los músculos de los brazos, quiso que la mujer manifestase que había algo en él, que Judit apetecía.

—¿Pretendes decir que no la conquistaría si quisiera? —preguntó.

—¡No seas iluso! Si ella te soporta, no es por tu cuerpo, sino porque ya le has confesado ser un criminal en potencia.

—Negué haber tomado parte.

—Por eso digo: en potencia. Tocaste el tema. Ella sabe lo que hay en ti, aunque jures y perjures tu inocencia.

—¿Apostamos? —volvió a hinchar el tórax.

—De acuerdo —Carlota le miró con lástima— Voy a ir a verla, para saber cuáles son sus planes.

—¿No hay apuesta?

—Cincuenta dólares. Es claro que saldrá tras otro… "cuerpo".

Ricardo fingió una carcajada. Dudaba dominar a Judit, y más si sumaba la intervención de la escritora, maestra en enredos.

—Volverá contigo, pero no por lo que tú crees —añadió ella— Se dará un tiempo para que seas tú quien regrese suplicante.

—Parece que la conoces bien.

—A ella y a ti. Además no me interesa que pueda pensar en otro.

—¿Por qué?

—Porque yo no estaría enterada.

—Creí que lo importante era que él desapareciera.

—Sí, pero… siguiendo un plan. Ella echaría todo a rodar si nos saca de la jugada.

El muchacho corrió hacia ella, y se derrumbó a su lado, de rodillas ante el sofá.

—¿No me confiarás algo, siquiera… un nombre? —preguntó.

—Sí —los ojos felinos se clavaron en la faz del joven.

—¿Ahora? —demostró excitación simulada.

—Enseguida. Vamos a desayunar y luego…

Ricardo desorbitó los ojos azules, con exagerado interés. Tenía zozobra por saber, pero no tanto como aparentaba. Carlota le puso una mano en los cabellos pelirrojos y los revolvió con rapidez.

—Irás a Valbuena a comprar un arma.

—¿A Valbuena? ¿Cuándo?

—Después de desayunar.

—¿Y lo que me ibas a confiar?

—Eso es. ¿Te parece poco? Ya hemos hablado del arma homicida. Ahora falta que la compres.

—¿Nada más? —la frustración no era artificial.

—Nos veremos esta noche en Balboa.

El catalejo de Carlota incursionó en la pequeña isla, localizando la cabaña entre el follaje. Nada se movía en la prisión de Judit, ni la menor señal de vida.

—Algo me dice que no necesita más acicates —pensó alineando el catalejo sobre la mesa de escritura— Si ha leído el libro, su sangre estará hirviendo.

Cogió el teléfono, marcó el número y esperó. Algo raro ocurría en la isla. Judit pasaba horas en el porche, o la llamaba cuando calculaba que ya estaría despierta. El misterio la ponía nerviosa.

—¡Hola!

La voz de Judit sobresaltó a la escritora. Sonó un instante antes de que ella se propusiera colgar, conjeturando que no se encontraba.

—¿Qué haces? —preguntó Carlota, con regaño en la voz. Judit no debería tener secretos para ella.

—Nada. Voy a ir de compras. Me estaba vistiendo. ¿Me acompañas?

—¿A dónde? —la pregunta era ociosa, pero Carlota quería transmitir ignorancia.

—A Balboa.

Carlota guardó silencio, pensando con rapidez. Si Judit no la había llamado antes, significaba que no deseaba compañía. Además, ir a Balboa juntas era utópico; Judit no se subiría en el bote, y ella odiaba las carreteras.

—En la tarde —aceptó estimando que Judit tenía un plan muy privado.

—Sabes que temo conducir de noche.

—A mí al revés: me embriaga el mar al atardecer.

—Yo te llevo, si tú conduces de vuelta.

—Yo jamás me pongo al volante de esas cosas con ruedas. Odio los automóviles —expresó con repulsión.

—Podemos vernos allí.

—Lo procuraré. ¿A las seis?

—A las seis, donde siempre.

—En la terraza de La Gaviota. ¿Qué piensas comprar?

—No sé. ¿Un libro?

—¿De los míos? —su ironía fue palmaria.

—Sabes que no es posible hallar uno en estas latitudes.

—¿Ya has acabado el que te autografié?

—Lo devoré. Me produjo escalofríos.

Carlota ahogó la risa que le agarrotaba la garganta. La medicina había surtido el efecto previsto. La prisionera burbujeaba como olla al fuego, y Balboa sería el calmante para su quemazón.

—¿Y para qué quieres otro?

—Para comparar. ¿Me sugieres algo?

—Por supuesto, ¡que no recomiendo a la competencia! Pero aún así te diré dónde hay variedad.

—Algo es algo. Confío en seleccionar uno adecuado.

—Y yo en que te equivoques, y me supliques obsequiarte otro.

—Te lo pido por adelantado, compre o no.

La risa de Carlota ocupó la línea. Judit sonrió levemente, sin ruido. La escritora estableció lo que sucedía dentro de su amiga: se debatía entre el deseo irrefrenable de engañar, y el temor de ser atrapada. Judit no era nada resuelta, aunque se obstinaba en armarse de valor, impelida por la experiencia con Ricardo, amén de las borrascosas líneas de la novela que ella le proporcionó. No fue elegida al azar, ya que versaba acerca de un caso similar al suyo, en el que la infidelidad nació del tedio.

Le facilitó la dirección de la librería, y colgó. De un salto llegó al ventanal y orientó el catalejo. Judit estaba en la sala, metiendo un papel en el bolso.

—¡A darse prisa! —gritó Carlota— Con su lentitud al volante, me anticiparé. ¡Ojala Antonio esté disponible!

❧

Antonio era hermoso, con la belleza fría de un rostro en la página central de una revista. Alto, delgado, de pelo negro, mimaba su imagen como lo único valioso de su ser. Mientras conversaba con Carlota, se alisaba con petulancia el cabello, certificando su pulcritud. Sabía que ella no enloquecía por sus encantos, pero su vanidad era innata. La escritora usó sus habilidades, algún tiempo atrás, para decretar que, excepto la envoltura, carecía de aliciente. La mirada de la mujer, perdida en el paseo marítimo, decía más que sus palabras: Antonio era empalagoso, si bien deslumbraba su empaque.

—¿Y por qué con una amiga tuya? —preguntó el adonis en un tono de hombre hastiado de todo, menos de sí mismo— Yo no soy lo que tú les aconsejarías.

—Es un caso especial. Le urge una puesta al día.

—¿Y tú no puedes hacer de maestra? Eres avezada en todo terreno explorado, y algunos por descubrir.

Carlota fingió no haber escuchado la indirecta de él. Le retó de frente, y le envió una amenaza ocular nada velada.

—Ella es… tímida, y todavía no libera su sensualidad. Quiero que tenga un rato de diversión, aunque discretamente.

—Yo soy discreto, tú lo sabes bien.

—Sí —concedió distraída. Debió haber dicho lo que pensaba: que él no tenía espacio para confidencias, ya que ensalzarse saturaba cada minuto de su vida— Por eso pensé en ti.

—Pero estoy muy atareado últimamente.

—¿Cuánto? —cortó Carlota.

—Mucho. Tengo compromisos.

—Me refiero a dinero.

—Por lo menos sesenta. ¿Y si es adefesio? —su narcisismo sería afectado de haber sido así, ¿cómo substraerse a la crítica de su ego?

—No lo es. Hasta deberías ser tú el que pague.

—¿Entonces? Hay muchos más por ahí a los que les puedes decir.

—Lo sé. Pero tú eres ducho en lo que ella precisa. No quiero ahondar en el tema. Tú me entiendes, y simplemente afinaremos pormenores que para mí son capitales.

—Me aterra lo que procede de tu mente.

—Pagaré tu precio. Es más, lo subo a ochenta.

—Comprendo: no es tan bonita. ¿Tiene algún defecto?

—Sí, está enamorada de alguien.

La escritora usó sus conocimientos con respecto a hombres vanidosos: Antonio era un monigote, pero tenía orgullo. No tenía ninguna otra cualidad, aunque sí lo que se requería a la sazón. Ella podría citar un par de tardes calurosas y torrenciales a su lado. No resultaron memorables, dignas de algún récord, pero sustentaban que él ejecutaría su labor por una suma razonable.

—¿Dices que no está mal? —Antonio sintió curiosidad, más que afán de porfía.

—Tú mismo lo comprobarás. Por otra parte, ¿has empezado a preocuparte de eso?

—¿Cuándo? —Antonio aceptaba.

—Pues… —según sus cálculos, Judit, a pesar de su lentitud, estaría al caer— en unos minutos. Te doy los datos y me evaporo, porque no quiero que me vea aún.

—¿Y el dinero?

—¿Desconfías?

—¿Y tú?

—En el puerto, entre cinco y seis. Aguardaré paseando o comprando algo.

—¿Y cómo sabrás que he cumplido?

Carlota desafió su mirada casi por primera vez desde que se topó con él. El esfuerzo del hombre por estirar las arrugas del rostro causaba risa. Se contuvo con esfuerzo.

—¿Me engañarías? —preguntó, resaltando una advertencia.

—No.

—De eso estoy segura. Sabes que tengo la lengua afilada y…

—Las amenazas sobran —un color rojizo pintó las mejillas de él.

—De eso también estoy segura —puntualizó Carlota.

Se oían rumores de tintes rosas asociados con él, y la escritora, con su avidez por saber, había indagado por su cuenta, así que para Carlota ya era una certeza. La primera vez que estuvo con él todavía no perfilaba una idea de cómo era en realidad; pero la segunda y última en que juntos se "inspiraron", le detalló lo averiguado y Antonio se volvió impotente por el resto de la tarde.

—Ahí viene.

El auto blanco de Judit entraba en el pueblo. No podía

ver a Carlota. Para ello tendría que girar el cuello completamente, y ella raras veces desviaba la atención de la carretera, esforzándose en controlar el volante.

—Tiene buen… aspecto —ratificó el guapo.

—Por ochenta dólares lo tiene magnífico. Te explico lo que quiero, y te eclipsas. No sea que se adelante alguien, y… gratis.

El narcisista sorbió las palabras de ella. Luego, obviando pagar la cuenta, enderezó su cuerpo delgado, estiró las piernas y caminó con rapidez. Carlota no era buena compañía, así que renunciar a ella producía alivio.

Se enredó con ella en una de esas horas tontas en las que él perdió su guardia ante las mujeres agresivas. Luego, al percatarse de que lo manejaría, ya era tarde y estaban en un motel. La segunda vez extravió el raciocinio, pues ella propuso y él accedió, sabiendo que era peligrosa. Lo acorraló y él quedó en ridículo. Y ahora… la había escuchado por coacción, por miedo a que ella anduviera divulgando sus flaquezas e intimidades. Se alegraba de no tener que aguantarla, y que fuera otra, una tímida y neófita, la que le cayera en suerte aquella tarde.

La escritora persiguió la estirada estampa del gigoló, bamboleándose por la calle empedrada. Le motivaba a la carcajada, al igual que muchos otros de los que deambulaban por el malecón, exhibiendo sus bronceados músculos y sus camisetas de colores chillones.

—Con lo tonta que es —pensó en su amiga—, no resistirá el imán de este… maniquí —y luego pensó con malicia— Me fascinaría atisbar su cara de encanto.

Dos personas cerraron al mismo tiempo sendas manos en el lomo del libro. La de ella lo hizo antes, por lo que la de él quedó encima. Judit viró a su derecha y tropezó con el rostro rutilante de Antonio. Éste balbuceó una excusa.

—Lo siento, señora.

—No tiene importancia —ella sintió un escalofrío al reflejarse en los ojos negros de él— Yo solamente curioseaba —no se percató que eso nada tenía que ver con la coincidencia de manos, pero ella era especialista en frases abstractas.

Antonio retrocedió un paso, para que la mujer lo valorase. Atrincherado en su ego, vaticinaba que ella aplaudiría su apostura, extasiada ante una obra de arte. Por su parte admitió que ella estaba mejor de lo que supuso.

—¿Le gusta Boris Tanner? —preguntó con lánguida indulgencia para la profana en literatura.

—¿Quién?

—Boris Tanner —señaló el libro en el estante, del que ambos habían retirado las manos—, el autor de *Noches sin luna*. Se le tacha infundadamente de pornográfico.

—Yo... —Judit había olvidado el libro, así como que estaba en una librería y que había acudido en busca de lectura— no sé mucho de libros. Quería algo para entretenerme.

—¿Trivial, divertido o audaz?

Él dominaba la situación, y, por ende, encauzaba el diálogo. La mujer era, en verdad, tímida y estaba anclada al piso a medio metro de él, sin intentar la huida.

—Lo que sea —manifestó ella con sinceridad. No era apasionada de la lectura, pero era preferible a contemplar las ramas de los árboles, o el resplandor de la luna en las crestas de las olas— No soy experta, ¿y usted?

—Un poco. Soy escritor —su rostro se iluminó por primera vez— Nada famoso por el momento, pero...

—Apuesto a que tendrá éxito.

—¿Lo cree?

Judit pensaba, con una lógica muy personal, que siendo

tan atractivo, ¿cómo no alcanzar el éxito? Un hombre así tendría mucho qué relatar.

—¿Ha publicado algo? —ella compraría lo que fuese: un manual de yoga o un ensayo de la vida sexual de los caracoles.

—Todavía no.

—¡Ah! —se decepcionó. Discutir una novela erótica al estilo de las de Carlota, como la que aún le suscitaba espasmos, vendría bien para entablar amistad con el hombre de los penetrantes ojos negros.

—Espero que… —Antonio no se lo creía— sea después de este verano.

—¡Claro que sí! —un verano en Balboa, con seguridad, le abastecería de temas para escribir mil libros— ¿Cuál me recomienda?

Él revisó las estanterías como perito en la materia. Ella le ayudó, infiriendo que cualquiera serviría. De pronto ya no deseaba leer.

—¿Qué le gusta? —preguntó Antonio.

—Lo que usted quiera —en realidad no tenía duda de ello, incluso si no se refería a un libro.

—Yo… —le asestó su insinuación letal, la que fallaba pocas veces— soy un poco erótico —enfatizó la palabra de tal forma que Judit evocó las húmedas tablas de su embarcadero, la viscosidad de las algas, el ruido de las olas, y las escenas recién leídas que le encaminaron a Balboa— ¿Y usted?

—Yo… —la respuesta no era complicada, pero ella sí, o más bien sus temores asaz complejos— también —ella se inauguraba en el erotismo porque éste le había salido al paso y le obligó a internarse en sí misma y al inspeccionar la parcela de su sensualidad, la encontró baldía.

—¿Algún tipo específico?

Judit tragó saliva. La novela de Carlota pormenorizaba más de un tipo; en realidad casi todos ellos, y cada uno le había provocado casi idéntico desasosiego. Recordó una frase, formulada por la protagonista:

—Soy de amplio criterio.

—Una alma gemela.

Antonio se reclinó en la pared, desperezándose. Miró por la ventana, se cercioró que todavía tenían unas horas por delante, y enfocó sus ojos en la cama.

Ella estaba de lado, desnuda y curiosa de los movimientos de él. Hacía calor y no contaban con aire acondicionado. La sábana resultaba incómoda y pegajosa. Además en Judit germinaba una nueva etapa exenta de pudor, en la que confinaría miedos y tabúes, iniciando por odiar la ropa. Sus pensamientos se concretaban en la inevitable comparación: ¿fue mejor con Ricardo? Era difícil precisarlo, ya que ella, privada de relaciones sexuales frecuentes, se resarcía en cada una sin la preocupación de cotejarla con la anterior. Algo sí tenía en claro: había suprimido a Jorge, al menos el contacto con él, y no lo añoraba al dar vueltas en la cama y notarla más ancha: se había habituado a disponer de la totalidad de ella por haber dormido juntos muy esporádicamente en las recientes semanas.

Los ojos de él vagaron por el cuarto para recapacitar en lo que relegó en la celeridad por encamarse. La actuación no había sido memorable, sino más bien comedida. Ella no le concedió libertad de creación, exigiendo que la satisficiese con premura, precipitación y sin ningún preámbulo. Al amordazar su ingenio, se resignó a funcionar de pelele, y prestó su cuerpo para adjudicarle a ella el clímax. Él se conformó en participar como instrumento.

Cuando se cobra, como Antonio, se teme más lo catastrófico que lo sublime. Pero la mujer quedó aplacada físicamente, lo que supuso que él lo hiciera anímicamente. Después, con tiempo de sobra, proyectaron la manera de no aburrirse. Ella no había reparado en que su acompañante fingió el orgasmo, por lo que le permitía descansar. No pasó por su mente examinar si el preservativo contenía indicios perlinos y líquidos que él había eyaculado. ¿Quién se toma tan en serio esos minúsculos detalles?

Lentamente avanzó hacia Judit sentándose en el lecho a sus pies. Judit le observó intrigada. No era ducha en hombres, pero sabía lo básico: que no eran idénticos, y quería contrastar la diferencia entre éste y Ricardo. Lo que les hacía distintos de Jorge se evidenciaba sin análisis alguno. Supuso que alguien como Antonio abundaría en recursos, amplia destreza y métodos para que ella consiguiese algo en qué fantasear por días, o quizá semanas.

—Hay algo que… —el adonis evitó los ojos de la mujer, demostrando que el tema era escabroso— Como sabes, todos tenemos nuestros sueños y… manías. Te anticipé que soy adicto a cierto… —las palabras se le negaban, por muy escritor que se titulase— tipo de sexo nada convencional.

—¿Lo anterior fue muy convencional?

En caso afirmativo, ¿cómo calificar el sexo con su esposo?

—Así es.

La inteligencia de la mujer trabajó a gran velocidad. El preámbulo anunciaba la exposición de algo no usual. Ella acababa de ingresar en el mundo de las aberraciones, gustos raros y, ¿por qué no?, formas singulares de obtener el clímax. Carlota lo ensalzaba en sus novelas, y su lectura la había estimulado casi tanto como un festejo verdadero. Su nueva personalidad anhelaba que él le propusiera lo prohibido; al menos prohibido para ella al lado de Jorge. Sin haberlo premeditado, desde que "coincidió" con Antonio, ansiaba acometer nuevos retos. En el muelle, Ricardo la transportó al séptimo cielo, al mejor de los orgasmos, encima de las tablas húmedas y rasposas, y marcó lo más original de su vida sexual. ¿Qué ofrecería un hombre como Antonio, delicado, intelectual y con muchos más colchones en su haber?

—¿Te… he impresionado? —indagó Antonio.

—Me intrigas, pero quiero saberlo todo —aceptó ella, dispuesta.

—Es algo que… me avergüenza. ¡No intento hacerte daño alguno! —los ojos de él saltaron hacia ella. Judit se serenó, al descartar un arranque de locura, masoquismo o sadismo.

—Lo supongo. No pareces de ésos. ¿Y qué es?

El rostro del hombre se refugió a su izquierda. Sus ojos desfilaron por la pared, el espejo, la vieja cómoda con cajones que no cerraban a causa de la humedad, la silla con respaldo de madera quebrada y tapizada en plástico rojo, hasta que dijo:

—¿Me puedo probar tu ropa interior? —preguntó con tono implorante, en un hilo de voz.

Judit advirtió un nudo en la garganta. El calor era sofocante, pero ella tiritaba de frío. No pudo o quiso hablar, por lo que asintió con la cabeza. La desviación de él tomaba esencia, y se sintetizaba en algo que hacía pocas horas había repasado en las páginas de Carlota. Él destapaba su secreto, revelando suspirar por ser, o sentirse, una mujer durante unos minutos. Debió haberlo conjeturado por sus maneras refinadas, y la "ternura"" con la que se acostó sobre ella.

Cuando él abandonó la cama y se acercó a la silla, Judit recorrió su alto cuerpo desnudo y bronceado, con una sensación de perplejidad desmedida. Su educación le aconsejaba repugnancia, cerrar los ojos y taparse el rostro con la sábana; pero una recóndita agitación medular le ordenaba lo contrario. Permaneció muda, mientras él se ponía su ropa, la cual le quedaba holgada.

Una vez enfundado en el sostén y la braga, Antonio semejaba una mujer de pelo corto. Sus facciones no diferían mucho del de una fémina atractiva. Fue entonces cuando ella tuvo la percepción, por primera vez, de que el individuo era homosexual, si bien había desempeñado en la cama el papel de quien gusta de las mujeres.

—¿Qué te parece? —preguntó el travesti, dando vueltas para ser admirado.

—Extraño —se sinceró ella.

—¿Nunca has tenido relaciones con una mujer?

Judit se hallaba demasiado pasmada para contestar. Sus ojos no le engañaban al estar consciente de la virilidad de él. Quizá poco efusiva, y más ceremonial que sentida, pero no notó gran diferencia con respecto a Ricardo.

Él se dirigió a la cama y gateó hasta la mujer. Ésta continuaba estupefacta y trémula, sin definir si le horrorizaba u obedecía una anómala voz interna. Recordó que ella confesó, al conocerle, ser de criterio amplio, aunque sin vislumbrar que él la pusiera a prueba. Le brindaba la posibilidad de practicar sus volcánicas fantasías, las que Carlota y su novela habían vertido en su mente.

El rostro de él había resplandecido. Judit le acogió con avidez, una apetencia distinta de la de poco antes, cuando fue apremio. Él no intentó penetrar como hombre, sino que restregó su cuerpo en el de ella, usando las caricias en vez de la masculinidad. A Judit le sorprendió una trepidación. No era física sino cerebral, y asumió que confrontaría una faceta del sexo que siempre se le antojó ajena a ella. Su libido, agazapada pero latente, se sacudía.

Antonio se fue encendiendo a punto de transfigurarse. Radicaba la mutación en el papel de mujer, el cual le sublimaba. Lentamente, sin que ella se opusiese, fue rotando sobre un costado para que Judit tomase el lugar que le correspondía. Y él adoptó la postura que ella presentó poco antes. Las hormonas de Judit enloquecieron, y se dispuso a registrar su interior, en busca de algún olvidado gen varonil.

VII

En el semblante de Carlota había un rictus de conmiseración hacia Antonio, quien se recreaba en los billetes verdes que ocupaban sus manos. Ella fumaba, como siempre, contemplando las calles empedradas de Balboa y, a ratos, el perfil rígido de su compañero. Estaba alerta de una previsible aparición de Judit. Él, apoyado en el barandal de tubos, se abstraía en el mar.

—¿Quedó satisfecha? —intrigada preguntó la escritora, entre dientes.

—¿Lo dudas?

—Bastante. ¿Qué opinó del numerito?

—¿Ya has olvidado lo que tú sentías? Le gustó, como a ti.

Carlota se aplicó en imaginar el rostro de éxtasis de Judit, al ver al flaco galán dentro de una braga y sostén que le holgaban. Asimismo lo que pensó al interpretar posturas femeninas y simular tener sexo entre mujeres. Refrenó un repentino ataque de risa. Ella lo sabía de antemano, motivo por el que localizó a Antonio. No consentiría que alguno más varonil asediase a Judit, desplazando a Ricardo y, con ello, echando por tierra sus planes.

—¿Mucho? —puntualizó con escepticismo.

—Bueno, digamos que primero se asombró, pero a final de cuentas aceptó y te aseguro que lo pasó bien.

—¡Lo que es la penuria! —la escritora esbozó un mohín de repudio.

—¿Crees que yo sólo soy un escape?

La voz de Antonio sonó amenazante, dura; pero en sus ojos había más súplica que desafío.

—Desagüe, más bien. ¿Acaso eres más que eso?

—Tú debes saberlo —se volvió hacia ella como un rayo— ¿No me elegiste por una razón especial? Pude haber compensado su atraso sin números. Una cosa es el negocio y otra el placer.

—Lo reconozco. Yo quise que ella tuviera algo distinto, y recurrí a quien podía dárselo. ¿Qué conseguiste analizar de sus reacciones?

—¿Te interesa saber si es lesbiana? ¿Por qué?

En la boca de él había un gesto de burla. Carlota incrustó sus ojos de halcón en el hombre, y éste palideció.

—Eso es asunto mío. No me vengas con el rumor en boga por aquí, de que yo lo soy. El invertido eres tú, Antonio. Lo mío es especulación, lo tuyo certeza.

La faz de él se pintó de púrpura. Familiarizado con la viperina lengua de ella, debió haberse callado. Ya era tarde.

—Soy bisexual —confesó él como disculpa a una acusación que no se había hecho.

—Lo que sea. Te aclararé algo, aunque no tengo razones para ello: mi amiga ha pasado su vida encerrada, y me encargo de actualizarla. ¿Estás satisfecho?

—Sí. Pues bien —él tenía que congraciarse o salir huyendo—, le gustó. ¿Eso querías saber?

—Sin tanto rodeo. Te he pagado para algo más que usar tu poca virilidad.

—Te consta que cumplo como cualquiera.

—Juzgo en base a mi experiencia. Te alquilé para ilustrarme lo que ella opinaría al verte de amiguita que se prueba sus vestidos.

—Es una afición inocente. Me gusta tanto, como a ti fumar.

La escritora soltó una carcajada. Un rubor acuciado cubrió el rostro de él. Guardó los billetes en el bolsillo y caminó unos pasos en retirada.

—¿Serán iguales los vicios? —preguntó ella con sorna— ¿Lo harías en público?

Antonio deseaba esfumarse, pero marcharse alicaído se antojaba vergonzoso. Procuraría decir la última palabra y emprender una escabullida digna.

—Te exijo que no me busques más —fue lo único que se le ocurrió.

—Lo haré cuando me hagas falta. No hay mucho de donde escoger este verano: ni clientes, ni guapos adornos. No te sobra el dinero y tu fama te acompaña. ¿Podrás subsistir?

—Hay otros lugares y… otras gentes.

La escritora le obsequió su desprecio. Sobre ella pesaba la acusación de lesbiana, y no soportaba ventilar el tema de la homosexualidad en público, ni siquiera circunscribiéndolo al sexo "supuestamente" opuesto.

—Entre "ésos" —escupió las palabras—, tendrás demasiada competencia. No te quedan muchas puertas que tocar Antonio, por lo que mejor no clausures la mía.

El hombre agachó la cerviz, doblegándose al tipo de huida que no deseaba. Pateó el suelo como niño mimado y caminó hacia la calle empedrada, que ya cubría la penumbra.

—No te alejes mucho por si te necesito de nuevo —dijo ella burlonamente.

Antonio se encogió de hombros, masculló algo entre dientes y siguió en estampida sin mirar atrás.

❋

El calor descendía lentamente, al igual que el sol en el horizonte. Bajo la sombrilla blanca y roja, Judit y Carlota bebían cortos y continuos sorbos de naranjada helada. La segunda escudriñaba el rostro serio de la primera, ahondando en lo que sus labios se negaban a emitir. La escritora no era mujer paciente, por lo cual procedió a iniciar un vago interrogatorio.

—¿Viniste temprano?

—No. He llegado hace… un par de horas.

—¿Y compraste el libro? —se recreó en el esfuerzo de Judit para mentir convincentemente.

—Sí, uno de…

—¡No lo digas! Odio que otros vendan sus porquerías. ¿Y en eso pasaste estas horas?

—Bueno, yo…

Judit deseaba hablar, aunque la incursión en lo proscrito había sido tan inusitada, que le acarreó culpa y vergüenza, si bien no la defraudó. Evitaría enfrascarse en el tema del día, aplazándolo para la intimidad de su cuarto.

—Hay algo más —aventuró Carlota.

—Sí. No te lo había dicho, pero… hay algo más.

—Lo sabía —Carlota aseveró ufana. Era verídico que lo sabía, pero no de la forma intuitiva que expresaba— Un hombre.

—¿Cómo lo has adivinado? —Judit se sobresaltó.

—¿Qué otra cosa puede ser? ¿Has estado hoy con uno?

—¡No! —la idea de narrar lo acaecido en el motel le aterraba. Hablaría, sí, pero no de Antonio y sus "gustos". La de la fama de lesbiana era Carlota, y no competiría por el puesto.

—¿Entonces…? —había advertido el sobresalto de Judit, de manera que no acertaba de qué hablarían.

—Fue hace unos días.

—¿Y no me lo contaste? —sonó a reproche— ¿Por qué lo ocultaste? —desmenuzar a Ricardo resultaba más sugestivo que hacerlo con el travesti.

—Por… vergüenza. No me explico por qué.

—¿Y hoy?

—Vine a buscarle, pero no le he visto.

Carlota había pronosticado desde la mañana las intenciones de su amiga. Había acudido a Balboa en pos de Ricardo. La invitó con el ferviente deseo de que ella no aceptase, pero surgió Antonio y no pudo resistir la tentación.

"Soy una genio" se dijo al calibrar que fructificó lo que había planeado.

—¿No sabes dónde vive?

—No, ni tampoco si sigue en Balboa.

—Tal vez le conozca, ya que vengo a menudo. ¿Cómo es él? —negaría haberle visto en su vida, pero aparentaría estar interesada.

—No, creo que… No merece la pena hablar de él. Estuvimos juntos una sola vez, pero ya no… No sé qué me sucede —su voz anunció que deseaba llorar.

—¿Te has enamorado de uno de estos muchachos del verano?

—No. Ya te he dicho que no sé qué me pasa. No puedo exteriorizarlo ni entenderlo. Sé que no es amor, pero no puedo definir lo que es. Me siento bien tonta.

La escritora enjuició que se propasaba al presionar. Ella sabía perfectamente lo que hervía dentro de su amiga. Estaba sumamente perpleja, rehusándose a admitir que le agradó el imprevisto Antonio porque sus dogmas lo clasificaban como algo depravado, si bien sus entrañas lo denominaban fascinante. Un cambio de tema, o más bien de individuo, ayudaría a que Judit se desahogase.

—Es culpa de esa isla —dijo Carlota—, y de tu marido

que te descuida —lo precisó para marcar la pauta a seguir: Jorge y la infidelidad— Me maravilla que al fin te decidas, pero no sabes si estás enamorada o no. ¿Le engañas o lo sustituyes?

—No estoy enamorada —Judit recobró el aplomo—, sino sola y arrinconada. Pienso constantemente, y sólo consigo aturdirme. Necesito un hombre —tembló al oír su propia declaración. Lo hizo con la naturalidad de quien entra en una tienda y pide algo de la estantería. Había roto otra importante barrera.

—Conozco ese conflicto —ya la tenía en su terreno— ¿No quieres hablarme de él?

—No, porque ya no le veré más.

—Ahora sí que no entiendo nada.

—Me buscaré otro. ¿No es eso lo que me aconsejaste?

Carlota se evadió en el fondo de su vaso sin naranjada. El asesoramiento obraba en su contra. Se lo inculcó con la intención de mostrarle un mundo lleno de hombres, pero con Ricardo en exclusiva. Los demás eran como el fondo de una pintura, simple relleno. Ahora Judit parecía dispuesta a ir probando uno a uno, como si se tratase de vestidos. Urgía limitarla a Ricardo, antes de que la flamante adúltera soñase en ser un jeque árabe en femenino.

—Sí —confirmó la escritora sin obstinarse en el recordatorio— ¿Y cómo que no encontraste hoy? Me refiero a otro, "encuentro".

—Porque no sé buscar —de eso estaba convencida.

—Pero sedujiste al primero. ¿O... te dejaste seducir?

Si Judit hubiera sido más despierta, o ya digerido el incidente, habría captado el énfasis de Carlota al referirse a Ricardo, si bien no usó un nombre que debía ignorar. Pero estaba muy nerviosa y ofuscada como para percibir sutiles cambios de voz.

—Apareció en la carretera. No sé por qué le permití subir al auto —lo único que sabía es que no sabía nada— Realmente no me explico cómo se desarrolló todo.

—Pero no quieres volver a verle —Carlota colegió que tampoco sabía aquello.

La escritora se aprovechaba de que su amiga se oía a sí misma, sin prestar atención a la insistencia de ella. Con la mirada perdida en el horizonte, Judit demandaba una razón para ver a Ricardo o para evitarle. Se debatía entre el deseo que Antonio no había aplacado debido al "pormenor" de su ropa íntima, y el temor que le producía el joven pecoso, por la aureola de peligro que le acompañaba.

—Presiento que sería… desastroso —definió al fin, sin detallar si deseaba o no verle.

—¿No es de fiar? —Carlota seguía hurgando dentro de la mente confusa de Judit.

—No, no es eso, sino que… —de pronto una luz brilló en su cerebro— Jorge podría atraparme.

—¡Al fin! —Carlota habló en voz alta, si bien la exclamación la destinaba a su interior— El problema es Jorge. Para terminar en eso te excedes en ambages. Pero así será con uno u otro. ¿Piensas que cambiando resolverás lo de tu esposo? —la serpiente del Edén era menos venenosa que Carlota, o aún en el mundo no había tantos catedráticos de las tentaciones, ni se escribían libros especializados en éstas.

—No. Es que… se llama Ricardo —sin un móvil concreto, ni que viniera a cuento, sintió súbitamente la obligación de confesar la identidad del anónimo—, y es de San Pedro.

—Ya entiendo —Carlota preparó sus cartas— Y como te gusta, temes seguir viéndole de regreso a la ciudad, puesto que aumentaría el peligro de que Jorge te descubriese.

—Algo así —Carlota acertaba en algo: en la dependencia de Ricardo— Tal vez me contente con un muchacho local.

—¡Jamás!

El clamor de Carlota hizo que los clientes de las mesas contiguas volteasen a verlas. A la escritora le tenía sin cuidado, pero Judit se azoró.

—¿Por qué? —preguntó Judit en voz baja.

—Porque éstos —aludió a las casas cercanas— se lo cuentan todo, y pronto concurrirían en manada —reafirmaba lo que la casada tanto temía— No, debe ser alguien de paso, que desaparezca finalizado el verano. ¿Él sabe tu dirección en San Pedro?

—No, no hemos hablado de eso.

—Entonces no comprendo tu miedo.

—Posiblemente yo sea la única que ve amenazas por doquier. ¿Me darías un consejo?

—Los vendo.

Judit esbozó una sonrisa. Era imprescindible la compañía de Carlota para que colaborase a discernir. Ella estaba atolondrada. Los últimos días le habían proporcionado conmociones insólitas, fecundas aunque dispares. Se atribuía la culpa, ya que Carlota no sufría tales perturbaciones, a no ser que las silenciase. Eso era, justamente, lo que debía descubrir.

—¿Qué harías tú en mi lugar? —consultó.

—¿Yo? Yo nunca estaría en tu lugar.

—¿Por qué?

—Sabes bien que adoro la libertad. No transijo estar atada a nadie, con o sin dinero. Ya hemos hablado de esto varias veces.

—Sí, pero ahora quiero que me aconsejes con intención de hacerte caso.

—Lo dudo, pero no me importa redundar en lo de siempre.

—No me refería a Jorge, sino a Ricardo.

Carlota sintió una carcajada que pugnaba por brotar. Reprimió el deseo de evidenciar su triunfo, otorgándose un atributo tan sonoro: ella había suscitado la coyuntura, conduciendo a Judit a donde quería. Ahora usaría sus dotes de persuasión para que se sujetase al patrón.

—¿Te gusta? —preguntó con ficticia indolencia.

—Supongo que sí, aunque no es tan simple como eso.

—Lo entiendo. No es lo que tú desearías como compañero permanente, pero al compararlo con Jorge…

—Algo así. He pasado un buen rato a su lado y lo revivo constantemente.

—¿Él te dejó?

Judit meditó un instante. Nada sustentaba que fuese definitiva la renuncia de Ricardo, pues fue ella la que le despidió sin un adiós, con un vacilante "hasta luego". Pero después de que lo arrojó de la isla, era lógico que no quisiera insistir. Habían transcurrido tres días, si bien todo se divisaba sumamente lejano, como acontecido el verano anterior. Su nueva fantasía había modificado la noción del tiempo.

—No. Fui yo. Tuve miedo de depender de él, de que Jorge se enterase y… de mí misma.

Confesarse, por la falta de práctica, le resultó reconfortante. Si existía una solución a su crucigrama, ella sola no lo resolvería.

—¿Crees que volverá? —sondeó Carlota.

—No lo sé —era la hora de las declaraciones sinceras.

—Al menos sabrás si lo desea —la serpiente puso el dedo en la llaga.

—Quiero sugestionarme de que no, pero me miento —Judit continuó con la sinceridad.

—Entonces búscale y comprueba si lo necesitas o no. Si ni tú misma no puedes descifrar lo que piensas, te vas a volver loca.

—¿Sería conveniente una relación más… duradera?

—No me parece duradera, si le has visto una sola vez. Tú apenas has sacado un pie del cascarón, por lo que no quieras volar presurosa. Aún está Jorge, tu matrimonio y... además careces de temple.

Las frases de Carlota iban golpeando, una a una, la capacidad receptora de Judit, abriendo una grieta en el cerebro por donde filtrarse. Le concedía la razón en todas, incluso ella las manejaba recientemente con menos compasión que su amiga. Pero su aspereza se agrandaba al ser pronunciadas por otra boca, al coincidir con sus conclusiones y provenir de una "erudita" en el tema, por mucho que el léxico de la escritora procurase suavizar el contenido. Todo ello motivaba que le parecieran verdades recién oídas. No serían muy sabias ni prudentes, pero delineaban la solución a sus dolores de cabeza.

—Voy a escucharte —garantizó Judit— Olvidaré mis prejuicios, y me mentalizaré que no existe el futuro, ni el fin del verano, ni San Pedro... Sin embargo, quizá ocurra lo que menos espero, o lo que espero con vehemencia, y me arrepienta de haber sido tan boba.

—¡Santo Cielo! —Carlota la miró a los ojos, conjurando al espíritu que se había colado dentro de su amiga— ¿Has discurrido, tú sola, todo eso?

Judit bajó el rostro, midiendo los restos de la naranjada. No le extrañaba que Carlota la juzgase una estúpida, ya que el papel desempeñado hasta entonces propiciaba que todos la considerasen como tal. La escritora comprendió.

—Perdona, Judit —le puso una mano en el antebrazo—, pero tú misma debes asombrarte al oírte. Sé que eres inteligente, y que tu esposo te ha transformado en una especie de adorno parlante. No fue mi intención...

—Yo tengo la culpa de que me tilden de tonta —pensó en Ricardo más que en Jorge— Me aterra hasta respirar, y ese miedo no consiente de tener una idea lúcida me hace abortarlas conforme se gestan.

—¿No quieres ayudarme con mi novela? Tu lenguaje es

digno de ser plagiado —la risa de Carlota era una forma de disculparse— ¿Cómo y cuándo has adquirido esa nueva personalidad?

—Gracias a los consejos de tus heroínas liberadas. No conozco otras fuentes que la lectura. Pero, desde hoy…

La luminosidad repentina del rostro de Judit, le notificó a Carlota que podía aplaudirse por anticiparlo. Se lo comentó a Ricardo: "Es más lista que tú". Fue para alentarlo a la competencia, sin creer sus propias palabras: pero no había estado exenta de razón. Lo había intuido, más que visto. De cualquier manera, Judit no era, meramente, la tonta esposa atrapada por un marido infiel.

El descapotable blanco remontaba la cuesta. Los ojos de Carlota le siguieron hasta que se internó tras las casas de lo alto de la loma. Con lentitud apática, la tarde absorbía el puerto, envolviendo de tonos rojizos los mástiles de los veleros. Algunas calles ya se habían sumergido en la penumbra, un ansiado alivio después de sufrir los embates de un Helios furioso sin ningún pretexto. En la faz de la escritora se dibujó la eterna mímica de superioridad.

—Resultó lo planeado. Recibirá a Ricardo con los brazos abiertos.

El humo de su omnipresente cigarrillo invadió sus ojos. Le molestó al unísono con una sospecha fundada poco antes. Y fundada no era lo correcto, ya que se basaba en la suspicacia y no en un fundamento.

—¿Estará jugando con nosotros? Nunca me ha parecido muy astuta, si bien en ocasiones me desquicia. Le dije a Ricardo que ella sería la que lo manipularía; pero eso fue para que no se acelerase, una mentira que serviría de freno. Mas comienzo a creer que tengo dotes de clarividente. ¿Me estará usando? No, no puede ser.

Se encaminó hacia las casas, separándose del barandal del malecón. En su raciocinio, el recelo daba vueltas, oponiéndose a someterse a la lógica.

—Ella no imagina nada de lo que tramamos. ¿Y si Ricardo habló más de la cuenta? Cada vez confío menos en él. Ya no le domino como antes.

Al abordar el lóbrego callejón, bordeado de casas altas de piedra, con grandes balcones, se detuvo y batió ocularmente los flancos, apenas iluminados.

—Él siente que no le quiero como al principio. Nunca lo he hecho, pero al menos fingía mejor que ahora. Modificaré mi conducta. No todos se mueven por dinero, como hago yo. ¿Y si él es en el fondo un romántico?

Con pasos lentos, entró en la estrecha calle. Pensar en Ricardo dilataba su caminar. El muchacho fue fácil de persuadir en un principio, pero era probable que hubiese madurado y concibiese ideas. En el pasado, la sociedad se cimentó en el sexo, la atracción animal. El dinero fue diferido a propósito, como un extra que afianzase la relación cuando al fin ella le hizo cómplice de su plan de asesinato. El joven no obtuvo mucho, aunque tampoco le importó. Recalcó la importancia de tenerla en monopolio, sin temor a ser sorprendidos. Pero un día se acabó cuando el trabajo de ella, más teatral que sincero, les distanció.

—No hubo tal —recordó— Él me impedía respirar, y yo agonizaba sin aire de libertad. Ése es el eterno problema con Ricardo.

De pronto, sin que Judit fuera parte de su especulación, tuvo que incluirla. El enigma fue despejándose, al situar a cada quien en su contexto.

—No es nada idiota, sino más sagaz que yo. Presagia lo

que sucederá, si Ricardo acepta matar a Jorge. Sabe que él fiscalizaría su vida. ¡Y parece tonta!

Se detuvo casi al límite de la calle, donde ésta desembocaba en otra más ancha. Era la última casa de la manzana. Antes de empujar la puerta, tuvo un pensamiento para su amiga. Una vez que abrió la pesada chapa de roble oscuro, le explicó al sombrío hueco ante sí:

—No aguantará mucho más a Jorge. Se arriesgará pronto, antes de que la soledad y la angustia la enloquezcan. Sé bien lo que se sufre. Ya ha dado un paso importante: el adulterio, y está lista para los siguientes. Valorado por una mente cínica, el asesinato es simplemente lo alto de la escalera del adulterio.

Torció el cuello hacia la ventana sobre ella. Movió la cabeza con disgusto, y musitó:

—Si él fuera más listo… Pero entonces detectaría lo indebido. Es mejor que Ricardo siga equivocándose eventualmente, pero sin conjeturar por su cuenta.

Empujó la gruesa puerta y entró en el lóbrego portal. Un soplo de aire fresco, agradable en el aún tórrido atardecer, la vivificó. El portal estaba casi en completa tiniebla. Al remate, en el descanso de la escalera, una ventana con vidrios viejos y sucios permitía ingresar un postrer fulgor del astro rey.

Se detuvo en el primer piso, ante la puerta de la derecha. Introdujo la llave y la hizo girar. Se oía música tropical a gran volumen. Franqueó el largo pasillo en penumbra, y se asomó a la sala. Allí se encontraba Ricardo, acostado en el suelo, alumbrado por el crepúsculo rojizo, escuchando plácidamente un disco.

Siguió impávido al percibir pasos. Sabía que se trataba de Carlota, por lo que no se inmutó. Alargó el brazo derecho y bajó el sonido del tocadiscos.

Ella se sentó en un viejo sillón de bejuco ante el muchacho, sin decir palabra. Se recreó en él, adivinando la respuesta a sus incógnitas.

Sin ganas, obedeciendo una orden tácita de la mujer, Ricardo retiró la aguja del disco. Les envolvió el silencio; mas no totalmente, pues se oían voces que emanaban de la calle. Él se colocó boca arriba, acostado en la alfombra, indiferente a las miradas abstraídas de ella. Carlota encendió un cigarrillo.

—¿La conseguiste? —preguntó, tras la primera bocanada de humo.

—Sí —señaló hacia el mueble del rincón, el que contenía algunos libros y discos— Costó cien dólares, pero es la que querías. ¿No habría dado igual cualquier otra?

—No, porque… Yo me entiendo.

—Yo no, aunque supongo que no hace falta.

—El fin de semana recibiremos algo de dinero. ¿Cómo sabremos que funciona?

—Probándola.

—¿Cuándo lo harás?

—Ya lo hice. Tiré algunas balas por ahí. También compré una caja de munición.

Carlota se puso en pie y caminó hasta el mueble. Examinó el arma, sin tocarla. Era un revólver Smith & Wesson calibre .38, de cañón corto. Ella no era diestra en tiro, pero sí en marcas y modelos. Solía visitar armerías, y comprar revistas especializadas para documentarse. Con el índice derecho empujó el cañón para que apuntara a la pared. Luego regresó a su sillón.

—¿Crees que debemos usarla? —preguntó Ricardo.

—Es más eficaz que un garrote. Lo importante es hacerla desaparecer después, para evitar el examen de balística. ¿Podrás hallar un buen lugar?

—¿Qué te parece el océano?

—Se la prestaré a Judit para protección. Es seguro que la guardará en cualquier rincón.

—¿Y si lo menciona?

—¿La crees tan tonta? Una vez muerto Jorge, ella se inhibirá de todo.

—¿Y cómo haremos el trabajo?

—Eso es cuestión de vosotros dos.

Ricardo se irguió de un brinco. Acorraló a la mujer clavándole los ojos con expresión de asesino. Ella le tendió una mano.

—¿Quieres un refresco? —invitó él.

—Luego. Ven… aquí —la voz de Carlota intentó ser melosa.

—¿Ahora eres romántica, o… es tu día sexual? —preguntó Ricardo, saliendo de la sala.

—Es el atardecer —la escritora apretó los dientes. Él erraba en el origen, aunque acertaba en que ella proponía un paréntesis sexual.

—¿Sabes algo de ella?

El ruido del hielo en un vaso amortiguó la pregunta de Ricardo. Al regresar a la sala, repitió:

—¿Sabes algo de ella?

—Está esperándote. Ya te lo adelanté: unos días de soledad, y estaría lista.

—¿Te lo dijo? —vengándose de desprecios anteriores, él se sentó frente a la mujer, contemplándola sin interés, insensible a la proposición de encamarse.

—No directamente, pero desea verte de nuevo.

—¿Cuándo? ¿Hoy, mañana…?

—Tú decides.

—Iré esta noche —aparentó ser una decisión repentina, pero ya estaba muy meditada. Necesitaba una excusa, y Carlota se la ofreció en bandeja de plata.

—¿Esta noche? —la voz de Carlota transmitió decepción. En parte era su farsa por reconquistar a Ricardo, aunque combinada con deseo real. Antonio había resucitado en su memoria algunas noches gratas.

—No tengo mucho qué hacer —dijo él con intención.

—Me lo merezco —pensó ella en voz alta, para que sonase a arrepentimiento y disculpa.

—Aunque… —desbordando su victoria, Ricardo se tumbó en la alfombra cara al techo— si alguien me brinda un rato de cariño…

—Sabes que yo no soy afecta a juegos. Sé lo que quieres oír y estoy dispuesta a decirlo.

Él reptó por el piso hasta los pies de Carlota. Volvió a tumbarse boca arriba, indolente. Ella recitó una frase que había escrito tiempo atrás:

—Siento haberte hablado como lo hice. Estoy nerviosa con todo este lío y… No puedo afirmar que te amo, pero te deseo y, ahora, te necesito. ¿Te basta con eso?

Ricardo puso el borde del vaso en la boca. Fingió que estudiaba lo dicho por Carlota. Al fin tuvo su inspiración.

—Me bastará, después de… esta noche.

—No entiendo —ella sabía bien lo que significaba.

—Tu actuación en la cama vale más que tus discursos novelísticos. Yo no soy un lector.

—No te decepcionarás —su afirmación la incluía, pues el deseo se agolpaba haciendo vibrar cada fibra de su ser.

Las primeras luces del día localizaron a Carlota en la sala. Se había vestido con diligencia y la desidia habitual, y recogido sus cosas arrojándolas al gran bolso de mano que semejaba una mochila militar. Ante el mueble multiusos, analizaba con pulcritud el revólver. Le aterraba que no era ficticio, como los que ella manejaba constantemente en sus novelas. En el papel plasmaba letras y números, y el calibre no decía mucho más que la marca, pero sin cañón y balas y… Cabeceó mirando el arma. Sacó un pañuelo de la alforja de carga. Con delicadeza lo envolvió alrededor del revólver, guardando el artefacto en el bolso. Antes de abandonar la sala, verificó el interior del dormitorio. El joven yacía boca abajo, ajeno a lo que acontecía en el departamento.

—Espero que tenga sus huellas —pensó.

Con suma cautela abrió la puerta, la cerró sin ruido y descendió por las escaleras. La calle dormida era un enredo de sol y penumbra. Desierta en ambos lados, carecía de la algarabía que le era propia en las noches. No sintió miedo a la soledad y al silencio, por lo que atravesó impasible el empedrado con destino al puerto. Sus pasos enérgicos no resonaron sobre las piedras pulidas, debido a las zapatillas de suela de goma. El único zumbido era el de su corazón, agitado por la prisa.

De pronto una silueta se despegó de la pared, desplazándose hacia ella. Estuvo a punto de pegar un grito y pedir auxilio. Lo contuvo al apreciar que el madrugador era Antonio. Nunca supo dónde vivía, siendo tan factible allí como en otra parte. La hora era insólita para un noctámbulo, pero estaría "desapareciendo", como ella.

El adonis se plantó ante la mujer con una excitación poco acostumbrada en su rostro melancólico. No parecía extrañarse de verla en aquella calle, y pretendía conversar. Carlota no tenía la menor intención de una charla en la madrugada, ni con Antonio ni con la reina de Inglaterra. Bullía en mil tareas que consumar, aunadas a la premura por tornar a Cabogrande. Pasaría junto a él, aparentando no conocerle.

—¿Madrugando? —Antonio se plantó en el camino de Carlota, impidiéndole el paso.

—¿Te asombra? Suelo hacerlo a veces.

—¿En Balboa? Recuerdo haberte oído que siempre regresas a tu guarida al atardecer, como las aves de rapiña.

Carlota advirtió un tono inusual en la voz de él, así como inusitada audacia. Se diría que había bebido, aunque, según él, no le gustaba el alcohol. Pensó en otro tipo de euforia.

—No tengo que darte cuenta de mis actos —arguyó ella ensayando una finta.

—¡Aguarda! —Antonio abrió sus largos brazos, impidiéndole la fuga— Tenemos que hablar.

—¿De qué? No tengo mucho tiempo, y sí asuntos que me reclaman.

—De mi porvenir.

La mujer no entendía la actitud insolente y osada de él, aunque presentía que algo grave estaba en proceso, y que Antonio representaba riesgo. El travesti no era, normalmente, intrépido, por lo que exhibía un anómalo proceder. Y después de observarle con detenimiento, juraría que no le incitaba estimulante alguno, y su atrevimiento era espontáneo. Por ende estimó que debía escucharle o afrontar una escena. Algo malévolo maquinaba, y lo expondría en voz baja o a gritos, como quiera que fuera.

—¿Puedes ser concreto? —pidió.

—Necesito dinero. Ya sabes que últimamente no van bien los "negocios".

—¡Ponte a trabajar! No veo que seas un inválido.

—Trabajar es sumamente vulgar, además de fatigante, querida mía —precisó él— Es mejor agenciarse un mecenas, y cobrar renta.

El hombre cerró los brazos. Leía en el rostro de la escritora que no escaparía. No se equivocaba, pues Carlota estaba vivamente atraída en desentrañar lo que le escamaba.

—¿Y por qué debería pagarte? —preguntó ella.

Antonio se colocó a su lado, giró sobre los talones con la frente hacia el puerto, la tomó del brazo invitándola a caminar. Carlota movió los pies sin control, automáticamente.

—Por mi silencio —dijo Antonio después de unos segundos de suspenso.

—¿Qué silencio? No te oigo cantar —lo desafió.

—El que guardaré por una módica cantidad. Algo muy razonable.

—No entiendo, Antonio —le daba terror esforzarse en hacerlo— ¿No me lo ilustras más inteligible y conciso?

—No, no quiero. Imito tu estilo siniestro, novelesco y pedante.

—¿Siniestro y pedante? Más me parece ridículo. A mí, por el contrario, me gusta ir directamente al punto. ¿Posees algo que pueda comprarse?

Habían recorrido la calle grisácea y empedrada, desembocando en el muelle. El sol iluminaba en plenitud el puerto, y Balboa bostezaba. Antonio la provocaba, estático desde su prominente altura. Habló pausadamente, imprimiendo sigilo a sus palabras.

—Sé con quién te ves y dónde.

—¿Y eso vale algo? —Carlota, de un tirón, se desligó de su brazo— ¡Qué burdo eres como chantajista!

—¿Lo crees? —la entonación flemática de Antonio auguraba que había algo más— ¿No sabes quién es Ricardo Fuentes?

A Carlota le desorientó un instante oír el apellido de Ricardo, que ella nunca pronunciaba. Probablemente lo había tenido en los labios por última vez un año atrás.

—Sí, un joven con más posibilidades en la cama que tú.

—Y en otros terrenos. Tiene mala reputación, querida, muy mala.

—¿Peor que la tuya? —percatada de las bases del chantaje

que no reflejaban nada sólido, Carlota restablecía su sangre fría, su displicencia y su sarcasmo.

—Yo no soy un asesino, querida.

—¿Y él sí lo es? —sintió un ligero mareo que contuvo con gran esfuerzo. ¿Qué sabría Antonio de Ricardo? ¿Y de ella?

—Le investigaron hace algunos años, pero no le comprobaron nada.

—¿En dónde? ¿Y es asesino sin crimen? Ya no fumes esas porquerías. No te sobran las neuronas como para desperdiciarlas.

—En San Pedro. ¿No lo sabías? —su tono adelantaba que no creería una negativa.

—No —eso era muy cierto, pues nada sabía de San Pedro— Pero tampoco me interesa. No he pensado casarme con él.

—Eso supuse, pero... dime con quién andas, y te diré...

—Contigo, por desgracia. Y no hay peros, Antonio. Carlota sentía que estaba obnubilada, aunque aliviada porque su nombre no se mezclaba con el pasado turbulento de Ricardo. Hablaría con él, pero antes Antonio averiguaría que su majadería excedía de lo normal, y su chantaje era tan volátil como la brisa de aquella mañana. Ella no se plegaría a las demandas de él, porque no le espantaba que divulgase lo que no le perjudicaba. Acostarse con alguien de pasado turbio, hasta la fecha, no constituía delito. Y pagar porque no se divulgase, le parecía una gigantesca estupidez.

—No me concierne la vida de ese muchacho, al igual que la tuya. Por otra parte, no me preocupa tanto como a ti. Si tramas vengarte de mis burlas, o simplemente ser mantenido por mí, exclúyelo de inmediato. Al revés, yo te voy a ocasionar serios problemas. Lo hubieras madurado un poco más, antes de decidirte a maniobra tan torpemente.

Antonio no pestañeó, lo que impresionó a Carlota. O era

muy estúpido, o todavía no había desembuchado todo. Su mueca sugería lo segundo.

—Tal vez a tu esposo le despierte un poco más de interés la historia… —dijo en tono suave y punzante.

—¿Mi esposo? —Carlota quedó anonadada. Hacía tiempo que no escuchaba tal palabra refiriéndose a ella. Iba a reír, pero consideró que lo disfrutaría más después de una aclaración. La mentecatez de Antonio rayaba límites alucinantes, tanto como el fulano en sí— ¿Qué esposo?

—El tuyo, por supuesto. Yo soy soltero.

—Me lo temía. ¿Es alguien que yo conozco?

—No te hagas la occisa. ¿Ya has olvidado al que te visita los fines de semana?

La mujer se hundió en un mar de interrogantes. O Antonio deliraba o… Se le prendió una luz en el cerebro. Le había visto con "él".

—No, no lo he olvidado, puesto que no le conozco —emitió una carcajada, ya dueña del terreno que pisaba. No era buena hora para reír, ni tenía muchas ganas, por lo que sonó forzada— ¿No sabes, grandísimo imbécil, que yo también soy soltera?

Por fin la desfachatez se borró del rostro terso del amante de la ropa femenina. La mujer, amparada en su ironía, demostraba convicción en lo que decía, con visos de ser verdad. Ella no osaría retarle si predecía que él seguiría escarbando, aferrado a su chantaje. Pero ¿entonces…?

—¿Quién es el tipo con el que te he visto cenando? —preguntó.

—¿Por qué no te informas? Si quieres vivir de la extorsión, empéñate más. Y si persigues un mecenas, te aconsejo que hables con él. Tiene dinero como para alimentar a un regimiento de maricas. No le gustan, pero si prueba… ¿quién sabe?

Carlota gozó de la expresión de vacuidad que brotó en el rostro del adonis, si bien no constituía una capitulación definitiva, y él podía espiarla, implicar a Ricardo o, lo que era peor, contactar a su pretendido "esposo". Encarnaba un peligro potencial, aunque en aquella escaramuza lo hubiera derrotado y ridiculizado. Puso los brazos en jarras, lista a prolongar el castigo.

—¿No vas a hablar con él? —insistió— Vendrá este fin de semana. ¿Quieres que te consiga una cita?

Antonio dio un paso en retirada. No había perdido la guerra, pero aquella batalla resultó desastrosa. Se había precipitado, en su afán de humillarla, de cerrarle la boca que tanto le ofendía. Regresaría a la sombra para indagar un poco más, evaluando sus posibilidades para una segunda confrontación. Y en ella estaría mucho mejor informado.

Carlota advirtió el nerviosismo de él, por lo que le ayudó a huir. Ya libre de la opresión en el pecho, la de una terrible duda, su lengua estaba lista para mortificar al pelele en lo más recóndito de su orgullo.

—Le diré que tengo una "amiguita", y que entre los tres haremos un numerito que no despreciará. ¿Te gustaría ropa íntima rosa, o prefieres azul cielo?

Aquello fue extremado, por lo cual Antonio enterró su dignidad y aligeró el paso. No importó la calle, eligiendo la que estaba más cerca.

La escritora se inclinó en el barandal del muelle. No le satisfacía la victoria, ya que estribó de la sorpresa de él, y el coraje de ella. Él insistiría, obcecado en meter las narices en sus asuntos y echar por tierra sus planes. Ricardo era vulnerable, al igual que Judit, al ignorar ambos las intenciones de Antonio, y no estar pertrechados para una defensa. Y ella no les podía prevenir sin delatarse.

De pronto recordó lo que había escuchado, y vio a su

asociado como un monstruo. ¿Cuándo fue lo de San Pedro: antes o después de lo de Arrecife? De cualquier manera, él se lo había callado, y esto operaba en su contra. Y además le ubicaba como un psicópata asesino al reincidir. ¿Y ahora? ¿Silenciaba la totalidad de lo que habló con Judit, y ya planeaba el próximo? No, no podía contarle lo que habló con Antonio. Pero ¿entonces?

Acarició el bolso, cerciorándose del bulto duro de la pistola. Fugazmente un pensamiento fatídico le sacudió. Se aterró.

—No, yo no podría hacerlo. Lo consultaré con él este fin de semana. Antes le alertaré por teléfono.

Abandonó el pretil del muelle y se encaminó hacia las escaleras de piedra. Abajo esperaba su bote, zarandeado por las olas, chocando contra los neumáticos que defendían el muelle. Se sentó al timón sin arrancar el ruidoso motor.

—¿Y Judit? —pensó— Intentará comunicarse con ella. Eso sería lo más peligroso. Cada vez se me antoja menos ingenua, y capaz de descubrir lo que no debe. Con Ricardo no hay tanto problema, pues no creo que Antonio le diga en su cara lo que me ha revelado a mí. Seremos discretos y más cuidadosos en adelante. No me parece que él se exponga por unos centavos, aunque... ¡Le estoy concediendo demasiada importancia! —se enfadó consigo misma por no dominar la situación— Dormiré un poco para discernir, al despertar, las cosas con claridad. Estoy ofuscada y nerviosa, lo que no es común que me suceda.

Encendió el motor y liberó el cabo que unía el bote al muelle. Enfiló hacia el rompeolas, aún con Antonio en su magín.

—De todas formas, éste va a pagar su necedad.

VIII

Un resplandor azulado alumbraba tenuemente el sótano: un frío y húmedo cubículo, horadado en la roca colindante con el agua, elevado escasos centímetros del arrecife. Por sus pequeñas ventanas, cerradas herméticamente, se filtraba más el centelleo del mar que los rayos del sol. A veces, cuando el océano se embravecía, las olas golpeaban los gruesos vidrios amenazando irrumpir en la cava-trastero. Carlota gozaba de la batalla apostando por la firmeza de los muros, aunque en ocasiones deseaba que el océano tuviera una oportunidad, sin valorar que eso sería un desastre. Era su cuota de riesgo, aunque con la certeza de que el arquitecto había calculado perfectamente la resistencia de su construcción.

—Mi mazmorra exclusiva —susurró Carlota, al examinarla desde lo alto de la estrecha escalera.

Aunque la cueva fue lo que más le agradó cuando rentó la casa del acantilado (en realidad casi no se ausentaba del ventanal de la sala) apenas bajaba a tal lugar. Pensó, en un principio, en convertir el sótano en su estudio, perfecto para escribir misterio; pero el ruido constante de las olas en las rocas, le impediría concentrarse en la escritura. Y entonces se decantó por el ventanal y la vista de la bahía. Después, al intimar con Judit, apreció lo acertado del cambio, pues divisaba la Isla de los gansos con su catalejo.

El soterrado espacio permanecía casi vacío: algunos muebles viejos, pertenecientes al arrendador, y de su parte había una bicicleta sin ruedas y varias cajas de vino blanco. El vino se mantenía una temperatura aceptable, alejado del sol. Todo lo demás, que fue mucho, lo tiró u obsequió con el consentimiento del propietario. A ella le fastidiaban los trastes, los viejos y los nuevos; conservaba poco guardarropa para evitar la fatiga de cargarlo en las mudanzas. En su pasión por la soledad entraban los objetos, a los cuales calificaba tan superfluos como los humanos. "Usar y tirar", solía decir refiriéndose a ambos.

Se aproximó hacia uno de los pocos muebles, una especie de cómoda tallada, y abrió un cajón. Del interior de éste extrajo un envoltorio de papel periódico, lo depositó encima del mueble y lo extendió. Contenía un revólver Smith & Wesson, calibre .38, de cañón corto, reluciente.

—Idénticos —murmuró.

De su bolso grande y viejo, sacó el otro, enrollado en un pañuelo. Apenas había diferencia entre ellos, a no ser que el segundo no brillaba tanto y parecía más usado.

—El de Ricardo y el de Judit —enunció sin tocarlos— Guardaremos éste y regalaremos éste. Las balas...

Abrió otro cajón en donde había una docena, o más, de balas. Sin titubear, tomó las que estaban dentro de una cajita y las alineó junto al revolver envuelto en el periódico. Registró ocularmente el sótano, deteniéndose ante un montón de bolsas de plástico.

—Lo empaquetaré para regalo.

Con el pañuelo rodeó las cachas del arma comprada por Ricardo, luego la metió en el periódico y encerró en el cajón. El otro, con la caja de balas, fue a parar a la bolsa de plástico.

Apresuradamente se despidió del sótano murmurando:

—Al menos en elegir el arma no tuvo errores el torpe de Ricardo. Había anticipado que me traería cualquier otra cosa —pensó al guarecerse en su rincón favorito.

Luego, con un movimiento brusco e innecesario por estar sola y no haber escuchado ruido, giró hacia el ventanal. La vista no era tan buena como desde la sala, pero se veía parte de la isla.

—¿Qué estará haciendo ahora?

Enfocó el catalejo y buscó el porche de la cabaña. Judit se hallaba allí, en la sombra, con un libro en la mano, tendida en la mecedora. Carlota no pudo ver el cariz de su rostro, ya que apenas asomaba éste; pero sí que los ojos no se alineaban con las letras del libro, sino que se orientaban hacia la bahía.

—No necesita inspiración de mi novela, porque lo palpable supera a la ficción. Pronto se le alegrará el día —pensó la escritora— Esperemos que Ricardo sea sensato y resista hasta que anochezca. Para coartar tentaciones, iré a visitar la isla. Me urge dormir, pero… lo postergaré para cuando me sobre tiempo.

El teléfono interrumpió el coloquio de las dos mujeres. No era una charla interesante, sino técnica para atenuar el tedio. Carlota bostezaba a menudo. Había atribuido su somnolencia a que escribió mucho en la noche. Judit tampoco había dormido bien, pues pasó la velada cavilando. Ambas tenían poco qué decir, y recaían en el tema del día anterior, sin aportar nada nuevo.

—¿Será él? —Judit se levantó de un salto.

—¿Quién? —Carlota no estaba para adivinanzas.

—Jorge —pronunció el nombre como quien nombra una enfermedad incurable.

—¡Corre a contestar!

Judit se abalanzó sobre el teléfono, más por la orden de Carlota, que por deseo de oír a su esposo. Descolgó y escuchó en silencio, después de la pregunta obligada acerca de la identidad. La escritora no se enteró de la respuesta.

Carlota leyó en los ojos de su amiga que no se trataba de Jorge, ni tampoco de una equivocación de número. También captó que estorbaba. Intuyó que era Ricardo y le molestó.

"Este memo" pensó abandonando el sofá "va a pedir permiso para venir".

Lentamente desfiló hacia la salida para instalarse en una tumbona del porche. Era lo adecuado ante una conversación privada entre cónyuges. Adivinaba que no era tal, pero con Ricardo resultaba aún más personal.

Judit colgó pronto y se reunió con Carlota en el porche. Un ciego advertiría que era un manojo de nervios. La escritora se dispuso a tragarse una mentira. Augurarla le producía risa, pero no saber qué estupidez podía improvisar su amiga, encendía su curiosidad.

—¿Quién era? —preguntó, arrepintiéndose al instante. Era seguro, o así debía ella imaginarlo, que se trataba de Jorge.

—Jorge —respondió sin vacilar. Tuvo unos metros para ensayar tal respuesta.

—¡Ah! — Carlota tuvo deseos de reír, pero apreció pertinente seguir el juego— ¿Vendrá el fin de semana?

—No lo creo. Ya sabes que siempre inventa una excusa para no aparecer.

—¿Qué piensas hacer?

—Todavía no lo sé, pero cada vez estoy más resuelta.

Carlota podía terminar la frase que no estipulaba el tipo de resolución, pero estimó más prudente seguir preguntando. Su papel era de oyente, de paño de lágrimas y, en ocasiones, de asesora, pero si requería sus servicios.

—¿A qué? ¿A qué estás tan resuelta?

—A separarme y regresar a San Pedro. Ya no me resigno más.

En sus ojos había firmeza, lo que asustó a Carlota. No convenía que Judit, por fin, se aventurase a romper con Jorge. Ella tenía planes al respecto, y no eran de divorcio.

—Debes meditarlo un poco más —le propuso.

—¿Te has vuelto, de repente, conservadora? Me has dicho muchas veces que le deje, y ahora…

—Me refiero a depurarlo, no a que claudiques. Si lo haces atolondradamente, puedes arrepentirte.

—No lo creo. Lo he pensado mucho y no me arrepentiré.

La conclusión de Judit, la carencia de temor, intranquilizó a Carlota. Se habría calmado de leerle la mente, ya que Judit no pensaba en divorcio, sino en… "lo otro". La maestra en la mentira comenzaba a ser superada por la alumna.

—¿No le diste un ultimátum?

—No, no me gustan las discusiones por teléfono. Se lo diré cara a cara.

—¿Y cuándo crees que venga?

—Por su deseo, nunca. Pero hallaré la manera de que se encuentre aquí en el momento oportuno, cuando yo esté lista.

Carlota sintió un escalofrío. Rememoró que ella, algún tiempo atrás, empleó la misma estrategia, y esperó a estar lista. Pensar en la muerte, fuera de la fantasía, todavía producía cosquilleos en su dormida conciencia. Matar a un ser humano seguía siendo difícil de digerir, si bien suministraba una dosis de adrenalina que se confundía con un buen orgasmo.

—Es cuestión de estar harta —dijo en voz alta.

—Lo estoy —sus pensamientos se cruzaron telepáticamente en aquel instante con la muerte, tema omnipresente en la conspiradora, arraigando en la audacia de la dócil mujer. Una extraña empatía que se producía por primera vez.

Carlota hilvanó apresuradamente una reflexión. Ella juraría que quien habló fue Ricardo, pero Judit la desconcertaba. Quizá fuera, ciertamente, Jorge. El muchacho pecoso andaría perdido por Balboa, tras un par de piernas. Ayudaría a que se reuniesen para que las aguas se reintegrasen a su cauce, y ella controlase una trama y unos personajes que se rebelaban contra su autor.

—¿Qué harás esta noche? —preguntó.

—No sé. Quedarme en casa, supongo.

—¿Por qué no vienes a la mía? —ofreció con intención de desdecirse de inmediato si Judit aceptaba. No podía estar allí en el caso de que Ricardo tuviera la descabellada idea de ir a verla.

—No, hoy no. Me acostaré temprano.

El corazón de la escritora dio un tumbo. Jamás Judit rehusaba su compañía, ya fuese en la isla o en el acantilado. Ahora certificaba que no había telefoneado Jorge, y que no se acostaría temprano; al menos a dormir. Lógicamente había sido Ricardo. Cooperó.

—Sí, es lo mejor. Yo también estoy muerta de sueño. ¿Desayunamos juntas?

—Tarde. Nunca madrugo.

"De eso estoy segura" pensó Carlota, aunque en voz alta dijo: Te lo agradezco, porque sabes que madrugar es un defecto que no tengo.

—Voy a copiarte.

El rostro de Judit había recuperado la luz. Lentamente, empujada por una fuerza creciente e intensa, aminoraba su melancolía. Y Carlota compartía lo risueño, aunque por razones distintas. El buen Ricardo, dentro de su torpeza y poca cautela, volvía a la "familia".

❀

El calor de la noche había decrecido después de dos horas de lluvia torrencial. La brisa marina, impregnada de salitre, humedecía el ambiente. Las olas cantaban su eterna tonada, inundaban la playa y se replegaban raudas. Los pájaros habían enmudecido. Los gansos, que daban nombre a la isla, transfirieron el turno a los grillos y cigarras. Éstos celebraban el fin del diluvio, el frescor de la noche y la aparición de la luna.

En la arena mojada, dos cuerpos empapados de sudor y olas, yacían sin vida aparente. Sus corazones latían apresurados, único movimiento de sus anatomías exhaustas, menguadas las fuerzas como secuela de la agitación pasada, con sus mentes aún acariciando el recuerdo del clímax explosivo, ya aplacada la pasión. La brisa, fusión de aire, sal y agua, refrescaba sus pieles, sustituyendo el sudor, por vapor tropical, y tras el contacto con la pareja, se internaba en la fronda, renovando su hálito con aroma a sexo.

Judit persistió largo rato en la playa con la bata abierta ondeando al viento, con sus ansias desatadas y un cronómetro en lugar de cordura. Aspiró el vaho penetrante de la arena caliente y mojada, y el efluvio a bosque, a mar y escamas, con los ojos inmersos en la oscuridad del océano. Esforzaba la vista con la certeza de distinguir, entre las crestas blancas de las olas, la cabeza de Ricardo.

Él emergió de improviso, como le fascinaba, y la sorprendió inmóvil atenta al agua. No hubo reproches, ni saludos, ni una sílaba de explicación. Los dos cuerpos rodaron por la arena, mezclándose con ella, empapados por la espuma de las olas moribundas. Judit entró en éxtasis, final codiciado para una dilatada espera. Se dejó conducir, sin protestas, sin renuencia, relajada su tensión. El deseo de Ricardo refulgía en sus ojos claros y luminosos. En su temblorosa boca perduraba el frío de su larga estancia en el agua. Fue un contacto breve, pero intenso como un rayo. Fruto de la urgencia. Al menos la de la mujer, donde el orgasmo estaba a flor de piel, tan asomado al exterior que se podía palpar. Y el nadador únicamente tuvo que estar presente para que el resto fuera espectáculo para él. Por segunda ocasión tuvo complejo de consolador.

Pero no quiso perderse la fiesta, y se auxilió de que él también estaba abstinente, ya que su suerte no puso a nadie en su camino, a no ser a Carlota unos días antes. Buscó su parte de la cópula, y su denuedo estimuló aún más a la fémina, lo que parecía imposible. Judit tuvo dos orgasmos consecutivos, pues le sobrevino el adicional coincidiendo con el de Ricardo. Así pues, era comprensible que transcurrido un cuarto de hora las respiraciones fuesen descompasadas.

Judit abrió los ojos. No había dormido, si bien su letargo fue prolongado. Descansaba sin pensar, sin miedos ni prisas, como si fuera la dueña del tiempo y el destino. Ahora concebía, al fin, que todos sus problemas, sus tensiones y angustias, se cimentaban en la abstinencia prolongada, el sexo no disfrutado y la pasión reprimida. No requería palabras ni erudición para comprender el misterio de su existencia. Al final las necesidades básicas rigen entes más complejos, y la carencia de sexo había poblado su mente de pensamientos absurdos, próximos al suicidio.

En cuanto a Ricardo: no le pediría perdón por su desconfianza, por haberle alejado de su lado, y la entrega fue un discurso mudo, una antología de disculpas, una excusa infinita. Lo necesitó, y se demoró mucho en comprenderlo, pero mejor tarde que nunca, y además equivocarse es de humanos. Todos los refranes con la filosofía del arrepentimiento eran apropiados para la ocasión.

Ricardo lo entendió así y no exigió frases tópicas. Cuando tuvo el rostro de ella bajo el suyo, tradujo la pasión y no solicitó más. Llegaba fatigado, rendido por el esfuerzo, pero la visión del cuerpo femenino, resaltado por el reflejo de la luna con las luces de la bahía ornando su cabello, su redondez que ya había olvidado la obesidad resaltando bajo la bata húmeda, pegada a sus formas, evocó sus energías de repuesto, las que se almacenan para momentos cruciales, y desterró el cansancio. Le sorprendió de nuevo la premura de ella, pero él demostró a qué iba. Ahora, con los ojos cerrados y la libido satisfecha, ratificaba que le embriagaba la mujer, que le atraía de forma animal con la llamada salvaje de la selva, irracional pero subyugante. Judit superaba a Carlota, porque se derrochaba por completo, sin psicoanálisis previo, sin censuras o condiciones, como un cuerpo exento de espíritu, apelando a la herencia animal, con el placer por único objetivo. No competía contra nadie, ni siquiera consigo misma, al contrario de la escritora, preocupada más por la forma que por el resultado. Judit no quería impresionar y era sumamente egoísta en el deleite. Sentía que cobraba una deuda, y eso exacerbaba su deseo. ¿Y si no había mañana?

A Ricardo, la corta ausencia le anunció, veladamente, que la necesitaba; pero fue verla frente al mar, con la brisa delineando su silueta, desprendiendo olor a hembra en celo, lo que destapó sus sentidos. La poseyó sin reservas, sin mañana o ayer, sin dólares en el futuro, ni Carlota en el presente. Gozó por ambición, por instinto, por deleite, olvidándose de planes, de esposo y de recompensas. Y luego, cuando el cuerpo se aplacó y cedió paso a la prudencia, no se lamentaba de haber doblegado su ego.

—No sé qué decir —Judit había recobrado el aliento. Tocaba el momento de las explicaciones, de las cuales carecía. Pensó horas en él, en su encuentro, pero sin discurso prefijado.

—Nada —Ricardo volvía a su oficio de espía de Carlota. Podía instar una disculpa, increpándola como un novio celoso y ofendido, pero el plan era acabar con el esposo, no con ella, de modo que le pareció ridículo revelar sus intenciones pasadas, pues éstas no diferían de las actuales. Jorge sobraba y más ahora que sabía que Judit desplazaba a Carlota en su agenda afectiva, o más bien carnal— Tal vez decidiste no verme más, pero aquí estoy.

—¿Por qué me llamaste? —no le importaba la razón, pero le agradaría algo gentil como colofón de aquellos instantes de gloria.

—Porque ya no aguantaba. Lo consideré mucho hasta que me atreví. Sospechaba que me evitarías, que me darías una excusa.

—Deseaba verte, aunque no sabía cómo contactarte. Además tenía miedo… de Jorge, de la gente, de mí misma.

—¿Y ahora ya no? —él también quería unas palabras halagadoras.

—Sé que no puedes quedarte, pero no te obligaré a irte.

—Me basta con eso. Lo entiendo, aunque…

En la oscuridad, con los ojos cerrados, Judit llevó su mano derecha al rostro de él, sellando sus labios con los dedos. No era momento de discutir despedidas, o Jorge y su inoportunidad, ni en el fin del mundo. La noche comenzaba, y sería larga, aunque no tanto como ella apetecía, y se estropearía si precipitaban el final.

—Tenemos tiempo para hablar de todo, de nosotros y… de él —le costó trabajo incluir a Jorge en los planes para la noche— Gocemos lo que tenemos: la odiada soledad de esta isla.

—Me gusta esta soledad —él se había prometido ser galante hasta empalagar.

—Hoy es de utilidad. Estarás hambriento.

—Más que un lobo. Como tiburón.

—No pensé en la cena —se rió de la imperdonable omisión. Últimamente apenas cocinaba, lo que había estilizado su figura— Prepararé algo.

—No me importa qué, pero sí que haya en abundancia. Éstas travesías por mar…

Ricardo se incorporó, saboreó la desnudez de ella, enmarcada por los rayos de la luna, y la besó en la boca en un acto reflejo. Judit lo agradeció en silencio. Era lo más parecido al amor que había experimentado en semanas.

❀

Los dedos ávidos de Ricardo despejaron del plato restos invisibles de comida. Judit le observaba cautivada, sentada frente a él en los pies de la cama. El pelirrojo, en la cabecera, había devorado los emparedados que ella elaboró apresuradamente. Ahora sonreía feliz.

—¿Tú no cenas? —preguntó él.

—No, ya casi no ceno —cumplir la dieta la llenaba de orgullo, y que él hubiese notado que su cintura era menos redonda.

—Estás más delgada —repitió, obligado a reconocer el esfuerzo de ella.

Judit se sintió halagada. Sabía que era notorio y no sólo un cumplido. Los últimos días apenas había probado bocado, lo cual se percibía en su cintura y muslos. Con tenacidad, y pensando más en el sexo que en la alacena, había eliminado algunos kilos.

—¿Quieres más? —saquearía el refrigerador y la alacena con tal que él estuviera satisfecho.

—No, ya no. Comería más, pero luego… me dormiría.

—¿Y no quieres dormir? —en la voz de ella había una oferta velada, aunque conocida por ambos.

—No he venido a dormir.

—¿Entonces a qué has venido?

Él colocó el plato encima de la mesilla de noche y alargó

los brazos hasta tocar un pie de ella. Lo agarró con fuerza y atrajo a la mujer a su lado. Ella le ayudó, deslizando su desnudez por las sábanas. Le gustaba la fingida rudeza porque era el ingrediente que no faltaba en las historias que escribía Carlota. Y ella conocía la rudeza de la ausencia, de la indiferencia, mas no la física. Solamente había leído un poco, conmocionada e intrigada.

—A reclamar lo que es mío.

—¿Tuyo…? —Judit objetó— ¿Qué es tuyo?

—Tú, tú eres mía.

Ella se puso a protestar, argumentar la proclamación de su propiedad, pero continuó deslizándose por la cama. No era un adorno, aunque su sumisión a Jorge testimoniaban lo contrario. Le molestó la declaración de Ricardo, pero la aceptó como pauta de un preámbulo sexual. Era, sin duda, la declaración que antecedería a otro rato de pasión, en el que poseer contenía un fuerte significado sexual. La asaltó un estremecimiento, un anuncio de que no se había saciado en la playa.

—Todavía no —repuso, arqueando su cuerpo hacia atrás— Olvidas algo, más bien a alguien.

—No, no le olvido, aunque me convendría hacerlo.

—Me había prometido no hablar de él esta noche.

—No hablemos de él. Voy a imaginar que eres libre —sus manos ciñeron la cintura de ella, en su afán de unir los cuerpos.

—Lo aplazamos para después —olvidar a Jorge era imposible; y lo contrario equivalía a una imprudencia. Su relación con Ricardo tendría futuro, en tanto que no se creyera libre de su esposo.

—Mejor para nunca. No es tema que me ilusione.

—Pero debemos hablar de él y… de nosotros.

La boca de Ricardo se dirigió hacia los labios carnosos de

la mujer. Antes de besarla, aceptó diciendo con un tono de seductor nato:

—Después.

❀

—Irritante. Parece un paraíso, pero es una cárcel. Ya no soporto la bahía, con su vegetación, el bonito pueblo.

Era temprano y todavía atronaban los rugidos de los motores de los botes. Regresaban de la pesca, después de escampado el aguacero. Las luces de Cabogrande regían la ruta, y anunciaban el merecido descanso.

Judit se lamentaba sin cesar, cumpliendo la promesa de que "después" hablarían de Jorge. Ricardo escuchaba sin decir palabra, sentado en la cama con la espalda en la cabecera. Ella reposaba a su lado. Ya habían cesado de sudar, y se oreaban con la brisa de la noche, conjunción de mar y hojarasca, de salitre y efluvio a pinos.

—Debo hacer algo, y pronto —anunció ella.

—¿Qué? —preguntó Ricardo absorto en las luces del pueblo, apenas visibles por el ramaje.

—No sé. ¿Tú que harías?

—Irme a San Pedro.

—¿A qué? La casa de la ciudad es otra cárcel.

—Hay más gente, tiendas, amigos… Aunque en verano es preferible Balboa.

—¿Y de qué viviríamos?

El muchacho captó la intención de acoplarle un espacio en su incierto porvenir. Entendió que le incluía en lo que aconteciera. Carlota acertaba: Judit abrigaba intenciones asesinas, y buena maña para desarrollar el tema. La escasez en el porvenir era motivo suficiente como para urdir un asesinato, e incluso algo más.

—¿De qué vives ahora? —pasó por alto el plural, pero no refutó que le involucrase. Le acuciaba concretar el homicidio, por lo que le parecía absurdo seguir evadiéndolo. Ella le mangonearía a su modo, y él no se opondría.

—Del cheque de cada quincena.

—¿Y ya no habría más cheques?

—Esta quincena no hubo. Lo achacará a un viaje, una distracción involuntaria o… lo que sea, pero es el inicio. Esquivará el tema en cuanto yo lo plantee.

—Y será igual aquí que en San Pedro.

—Desde luego. El lugar es lo de menos.

Judit guardó silencio. Sopesó cómo atacar la cuestión, pero por muchas vueltas que le daba en su mente, no discurría una forma directa de hacerlo. Era mejor quitarse la máscara y…

—Me he decidido —dijo, y pareció que él traduciría telepáticamente lo que ella fraguaba.

—¿A qué? —Ricardo lo sabía, pero aún no era tiempo. La noche sería larga.

—A plantarle. Iré a San Pedro o… a donde sea.

Ricardo sintió que un jarro de agua fría le caía encima. Era su sudor, caliente y pegajoso. Carlota volvía a errar: Judit no era una asesina. Ni siquiera en la ficción transitaba por su cerebro una idea violenta. Seguramente no dispararía en defensa propia. Sería oportuno aclarárselo a Carlota para que modificara su estrategia, y le liberase, a él, de tal carga. Seguiría viéndose con Judit, sin la gran presión de tramar una muerte.

—¿Pedirás el divorcio?

En realidad a él le era igual si era casada, divorciada o viuda. Le atraía y había planeado parapetarse en ella, si bien no definitivamente. Él era más joven, sin profesión ni posición, y no tardarían en distanciarse. De acuerdo con esto, no sobraba Jorge, sino Ricardo, a quien le faltaba dinero. Aquél no estorbaba demasiado, ya que nunca andaba cerca, pero representaba fondos. Y ya fueran los de Carlota y sus asociados, o los de Judit, si cobraba doble, no se quejaría.

—Sí, será lo mejor.

La respuesta de Judit, dilatada y meditada, desalojó de Ricardo sus pensamientos. No había duda de que ella necesitaba un empujón, una mano que la librase de su atolladero mental. ¿Por qué rendirse sin lucha? ¿Qué recibiría del divorcio? Memorizaba la cifra que mencionó en la plática anterior, y le parecía delirante desdeñar tanto dinero.

—¿Y tu parte? —preguntó.

—¿Cuál?

—La que te tocaría en el divorcio. Recuerdo que te dejaría casi nada, o nada.

—Así es. Me tendría que ajustar a sus dádivas. Pero… —su voz denotó enojo— ahora lo hago, aunque en teoría sea la esposa de un hombre rico.

Ricardo se incorporó, lentamente abandonó la cama y fue al ventanal. Abrió los brazos, para que la brisa refrescase su cuerpo. Giró la cabeza y miró fijamente a la mujer.

—¿Y un empujón? —preguntó.

—¿Un empujón? ¿A qué te refieres?

—Tú ya lo sabes. Te hablé del tipo de Arrecife, el que se despeñó.

Judit escuchaba sin verle, abismada en la evocación de aquella plática. Lo había pensado muchas veces, recreando la escena que no había presenciado, escenificando su historia, desempeñando el papel de la auto-viuda. No podía negar, ni quería, que la idea le subyugó, que le pareció el remedio preciso, pero…

—Me gustaría —aceptó desenmascarándose.

—Sería cooperar con el destino, adelantándose a su hora.

—Pero no… yo no soy capaz. Tiemblo al pensarlo. No. Sería una locura, aunque un maravilloso sueño.

—¿Por qué un sueño? ¿No puede ser realidad?

Ricardo regresó al lado de ella. Hasta entonces no había ingresado en la sociedad, y sentía que debía hacerlo ahora que a ella no le repugnaba la idea. La abrazó por detrás, poniendo la boca en su cuello. Ella se estremeció. No era broma.

—Sería la solución perfecta… para ambos.

—¿Ambos…? ¿Quieres decir que tú me ayudarías? —Judit no lo dudaba, pero oírlo era como tener un contrato firmado.

—Sí. Es más, yo lo haría por ti —seguir fingiendo servía de poco, ya que ella aceptaba que la idea le seducía, así que cuanto antes afinasen detalles, más pronto pondrían manos a la obra.

Judit viró repentinamente. Encaró a Ricardo y leyó en sus ojos. No había burla en ellos. Él no trataba de hacerse el gracioso o ganar una cena para la noche próxima. Hablaba en serio, mucho más que en ocasiones anteriores.

—Dijiste que no aceptaste una vez y que no lo harías jamás —le recordó.

—Eso dije, pero… fue antes.

—¿De qué? —ella no veía muy claro la línea divisoria entre ser asesino y no serlo.

—De lo nuestro. ¿No hay nada entre nosotros?

Ella recapacitó. No era fácil esclarecerlo en aquel instante. Su mente estaba muy confundida, confirmando el adagio de "mucho sexo es malo para el seso". Y eso había entre ellos dos: sexo de una calidad y cantidad jamás conocida, pero no era suficiente para construir un sentimiento más profundo. Aunque tampoco lo negaba rotundamente.

—Sí, aunque todavía no sé qué es.

—Nos compenetramos, nos hemos añorado durante estos días, somos felices juntos… No será eterno, pero es mejor que nada.

—Sí, es mejor que nada —ella conocía la nada— ¿Lo hiciste la otra vez?

Era predecible la pregunta y Ricardo había elucubrado una respuesta verosímil. Un sí significaría sangre fría, rutina y la prueba palmaria de que la justicia no vence siempre, justificación bastante como para ser elegido como paladín. Pero ella se aterraría, le vería como un matón a sueldo, alguien que se presta a todo por casi nada, y desistiría.

—No. Ya te lo dije. No era mi asunto —su tono molesto intentaba dar autenticidad a su declaración.

—¿Y por qué ahora? —ella seguía escéptica.

—Es una pregunta estúpida —él solía exaltarse si le presionaban— Tú no eres ella. Me ofrecía dinero y… seguir como su amante por un tiempo.

—Si era mucho dinero… ¿Ella no te interesaba o el tipo no era tan rico?

—No quiero hablar de ella. Era muy posesiva, llena de ideas extrañas… ¿Por qué iba a implicarme?

—¿Y conmigo? —pretendía, de forma contumaz, establecer una diferencia muy notoria entre el otro caso y el suyo, algo que fuera suficiente como para creer a Ricardo. Reivindicaba una razón, más bien su razón, la que quería escuchar. Él la había preparado.

—¿No lo acabas de oír? —preguntó— ¿Por qué crees que he venido? ¿No podría cenar en Balboa sin nadar todo el canal? También allí hay mujeres… —hizo una pausa para que ella reflexionara— Me gustas y… si no fuera un término obsoleto, diría que estoy enamorado de ti.

Fue suficiente para la mujer. Le abrazó y dejó escapar una lágrima. Una mentira perfumada la confortaba. Todavía no resolvía suprimir a Jorge, pero, al menos, la declaración le vigorizaba para transigir su soledad, ya fuese con proyecto de asesinato o simplemente un divorcio. Tener una alternativa eliminaría los barrotes de la jaula en la que vivía aparentando estar en una isla.

—¿Lo harías? —insistió.

—Podemos probar —repuso él, con una sonrisa de triunfo que ella no advirtió.

—¿Cuándo? ¡No, todavía no! —la imaginaria proximidad del evento la aterrorizó— Debo pensarlo bien. Muy, muy bien.

—Piensa lo que se te antoje, pero no veo otra salida.

—Quiero estar segura de eso, de que no hay otro remedio.

Un profuso aroma de pino, salitre y humedad les invadió de improviso. El ventanal anunció que llovería torrencialmente. Un rayo lejano, como serpiente de luz, difundió el mensaje de las montañas no tan lejanas, del choque entre nubes de plomo, de... la muerte que rondaba la tranquila bahía de Cabogrande. Callaron las cigarras y los grillos, y Judit unió su cuerpo sudado al de Ricardo. Lo pensaría, no obstante su visceral y enérgica determinación. Quizá la luz del día, o la ausencia de Ricardo, o regresar al tedio cotidiano, descartarían el plan por irracional o imposible, sin contar con la parte moral y el riesgo. Pero de momento, tenerlo en mente era como un afrodisíaco que ayudaría en el nuevo rato de pasión que ya iniciaban.

—Mañana —musitó—, será otro día.

IX

EL HOMBRE GRUESO Y ENORME, enfundado en un traje que compró cuando pesaba diez kilos menos, bajó la ladera resoplando. El calor estaba en su apogeo, y se asaba dentro de su traje de verano, color crema. Pero la chaqueta embozaba el gran revólver que colgaba de su axila izquierda. No le agradaba ser detectado como policía al primer golpe de vista, aunque su traje, la corbata de flores y el sombrero de cinta roja, eran tan elocuentes como una placa en el pecho. Semejaba un gángster en vacaciones, un excéntrico o un detective. Él era lo último, y precisamente de Balboa.

Logró descender la duna a base de traspiés. Llegó a la playa a espaldas de los agentes uniformados que, en círculo, tapaban el motivo de la reunión. Se abrió paso a codazos y contempló el cuerpo inerte, al que habían tumbado boca arriba.

—¿Ahogado? —preguntó al agente de su derecha.

—De plomo —repuso éste.

El cadáver estaba vestido, y conservaba unas sandalias azules. La camisa roja y el pantalón gris se hallaban repletos de arena, al igual que el rostro lívido. Era joven, uno de tantos que pululaban por la costa dando trabajo sin pagar impuestos.

—Le encontramos boca abajo —dijo un uniformado—, le dimos vuelta para reconocerle.

—¿Y quién diablos es? —preguntó el del traje crema.

—Uno de esos muchachos que atestan Balboa.

Eso lo hubiera deducido el detective desde arriba, sin necesidad de bajar el talud y llenarse los zapatos de arena.

—¿Tiene nombre?

—Se llama Antonio Ortega —respondió el mismo oficial.

El sargento Arias sacó un pañuelo húmedo del bolsillo de su chaqueta. Lo había pasado tantas veces por su rostro y cuello, que ya no secaba. Le incomodaba usar traje, y más la corbata, pero eran órdenes del jefe y había que sufrir. Y con su exiguo sueldo no podía adquirir uno cada cinco kilos de aumento. No entendía por qué subía de peso, si apenas comía y sudaba diariamente como para llenar un barril. Aceptaba que no se veía bien en traje de baño con la pistola colgando de su cintura esférica, pero la idea de parecer un policía de ciudad resultaba igual de absurda.

—¿Amigo tuyo? —le preguntó al agente.

—De tu hermana, sargento —replicó éste con tono malhumorado.

—¿Y de qué le conoces? —Arias simuló no haber escuchado a su subordinado.

—De esto —mostró una licencia de conducir— Era lo único que llevaba encima.

—Y cinco dólares —agregó otro agente.

—Y tres balazos —añadió un tercero.

Arias se arrodilló frente al occiso. Le había visto por Balboa normalmente acompañado de mujeres. Sí, era uno de tantos.

—No le robaron —musitó.

—Es un crimen pasional —aventuró un agente flaco que masticaba chicle.

—¿Y tú que sabes de eso? —exclamó el sargento.

—Van al mismo club —dijo el robusto policía que tenía la documentación de Antonio.

—A ver bailar a tu madre —le endilgó el flaco.

—Te voy a...

Arias dio una zancada, situándose entre los dos agentes cuando aprestaban guardias, listos para golpearse. Rugió como un león, enseñando sus dientes amarillentos, repletos de nicotina.

—¡Basta! —gritó empujando con el vientre al flaco— Ya me cagan vuestras insulsas bromas, que siempre terminan en vulgares peleas. Si sabéis algo, ¡decidlo de una vez!

El fornido agente le entregó la credencial del muerto y se alejó unos pasos. El flaco se centró en el mar, haciéndose el distraído. El sargento encaró al tercer agente, mulato de piel reluciente.

—¿Qué es tanta sandez? —inquirió bruscamente.

—Frecuentaba el club de travestis —le ilustró el mulato.

—¿Tú también? —le espetó al flaco.

—Únicamente por diversión.

—¿Y él es travesti? —señaló a Antonio.

—No sé. Yo le he visto en el club, pero acudía, a veces, con mujeres.

—¿Mujeres... mujeres? —Arias volvió a secar el sudor, o más bien a lavarse el cuello. Le mortificaban tales casos, puesto que daban mala fama al pueblo. Y por si fuera poco, le encomendaban interrogar al tipo de gente que le repugnaba más que nada en el mundo.

—Sí, señoras de edad.

—Entonces, ¿dónde está el crimen pasional?

—Andaría, a la vez, con alguno de... los otros —el flaco tragó saliva.

El agente fornido regresó al grupo, le dio un codazo al escuálido compañero y le ofreció un cigarrillo. El ofendido aceptó la disculpa. El sargento se invitó solo.

—Le hemos visto con mujeres de edad —dijo el robusto—
Pero también era asiduo al club.

—¿Qué más tenemos? —Arias batió la arena con la mirada, rastreando pruebas. Solamente restaban huellas de los zapatos de ellos. Si las hubo con anterioridad, el agua se encargó de borrarlas.

—Nada —contestó el mulato— Le dispararon a pocos metros y por la espalda. Le cazaron desprevenido.

—Así que quien lo hizo venía con él —pensó el sargento en voz alta— ¿Algo más?

—No —dijeron a coro los tres— Va a ser un caso difícil.

—Quizá uno de sus "amigos" —Arias examinó el rostro atestado de arena del difunto: parecía afeminado—, una de sus amigas o algún esposo engañado. Hay muchos forasteros y pudo ser cualquiera. Veremos si las balas nos dicen algo.

—¿Qué hacemos, sargento? —preguntó el fornido.

—Esperar al forense y luego hacer preguntas por ahí. No quiero propaganda, así que cuanto menos se propague, mucho mejor. Investigaré en San Pedro —estudió la licencia de conductor—, si es que tiene familia.

—El alcalde querrá borrarlo —observó el mulato— ¿Recuerdan hace dos años?

—Pero era un vagabundo.

—Aunque fuera diputado —repuso Arias— El alcalde ocultaría al asesino de su madre, con tal de no ahuyentar a los turistas.

—Deben seguir llenos de hoteles —dijo el flaco.

—Esto puede atraer a otros —manifestó el fornido.

—Muera en Balboa, bonitas playas, arenas finas y mucho sol —el mulato desplegó los brazos imitando un gran cartel.

—¡Déjense de bobadas, y obedezcan al jefe! —Arias se replegó hacia la duna. La subida sería peor que la bajada, por lo que llevó el húmedo pañuelo en la mano.

A media cuesta se detuvo, oteó el horizonte y murmuró:

—¡Vaya verano! ¿Por qué no se matarán en otra parte? Esto de los homosexuales va en aumento y no hay quién lo pare. Si ya los tenemos dentro —aludió a Martínez, el flaco quien, a pesar de sus protestas, andaba por esos terrenos— ¿Y qué le digo al jefe? ¿Qué se ahogó o que sufrió una insolación?

Entró apresurado al automóvil, lo arrancó y conectó el aire acondicionado. Mal comenzaba el día. Y auguraba que los siguientes serían todavía peor, y no era precisamente por el calor.

—Y es sábado —protestó— Otro fin de semana de trabajo. Unos disfrutan, y otros nos jodemos.

❧

El taxi se detuvo ante la cabaña número 86. El conductor sonrió con picardía, sabiendo que la mujer acudía al motel a una reunión sexual y no social. Y no estaba nada mal ella. Al hombre le agradaban más llenitas, pero sin embargo la estilizada mujer habría alegrado un poco la tarde del sábado, que se anunciaba lluviosa. El hombre de la gorra, barba de un par de días y lentes gruesos exploró otra vez el rostro de su pasajera. Podía ser la solución de una tarde aburrida, llevando turistas de un lado a otro, y regresándolos al punto de partida.

Era temprano para recalar en un motel, pero Carlota no entendía de horas, pues su reloj marchaba desfasado con respecto a todos los demás. Puso un billete en la mano del boquiabierto taxista, y esperó el cambio. Adivinaba lo que el hombre discurría, pero a ella no le afectaba lo que opinasen los ajenos, y poco los allegados. Vio como se hacía el remolón para quedarse con el dólar sobrante. Le dio propina, ridícula, según él, bastante en opinión de ella. Luego le ofreció la espalda sin despedirse.

El conductor se demoró unos segundos para conocer al afortunado que la recibiría, pero se vio frustrado cuando ella movió la manija y la puerta se abrió. Carlota entró a la vez que el taxi aceleraba.

La habitación estaba vacía de humanos, pero un traje encima de la cama avisaba que "él" no se encontraba lejos. El ruido de la ducha indicó el lugar y la ocupación. Carlota se quitó los zapatos y los depositó sobre la alfombra. Puso el bolso en la cama.

—¿Eres tú, cariño?

La voz fuerte y varonil coincidió con el cese del chorro de agua. Carlota se arrimó a la puerta del baño. Metió la cabeza mientras balanceaba el cuerpo apoyándolo en la jamba de metal.

—Sí. ¿Debía ser otra?

—Nunca se sabe. A veces la vida da sorpresas.

El hombre apareció en la puerta, restregándose la toalla por la cabeza. Era alto y delgado, con una cintura que tendía a la obesidad; el pelo castaño oscuro se había tornado blanco en las sienes, confiriéndole cierta elegancia otoñal. A pesar de los años, varios más que Carlota, la vida le había tratado bien y se diría que estaba en forma.

La escritora fue a su encuentro. Él arrojó la toalla y la besó en la boca sin prisa, alargando el saludo. Los brazos de ella se enlazaron en su cuello.

Se separaron lentamente. Ella subió a la cama. Él tomó otra toalla y continuó secándose. Al regresar al cuarto de baño le pidió:

—¿Me sirves una copa?

Carlota recorrió visualmente el cuarto. Los había visto con asiduidad; si no aquél, el de otra cabaña, pero esperaba patentizar diferencias, detalles insignificantes que halagasen su buena memoria. En la cómoda había una botella de coñac, una de agua, y cuatro vasos anchos y achaparrados. Se levantó sin ganas, dirigiéndose al mueble.

—¿Qué noticias tienes? —preguntó él.

—Ya está a punto. Necesita un empujoncito para que se anime.

—¿Y él? Él me preocupa. A ella la conozco bien.

—Él no tiene nada que decir —sirvió sendos vasos hasta la mitad, y retrocedió a la cama. Dejó uno en la mesilla y cató el otro— Parece que se ha… —buscó la palabra propicia— aficionado a ella y cooperará con entusiasmo.

—¿Un romance? Eso es inesperado, aunque muy interesante.

El hombre se recostó en el quicio del cuarto de baño. Tomó el vaso y lo apuró de un trago.

—Una ducha y un baño reviven a cualquiera —filosofó.

—¿Mucho trabajo en San Pedro?

—Bastante. No sé si estaré allí la semana próxima. Tengo un negocio formidable en Costa Rica y no podré evitar el viaje.

—¿Me llamarás?

—Haré un esfuerzo. Bueno, te llamaré —concedió.

—¿Y si ella se decide? Hay que aprovechar sus cambios de humor, como las mareas.

—Estaremos en contacto, aunque no me hallarás en la oficina. Yo te telefoneo.

Carlota se sumergió en el fondo del vaso, meditando. Luego, instintivamente, esculcó el bolso para extraer los cigarrillos. El hombre se sentó en la cama y siguió secándose meticulosamente. Se antojaba una labor inútil, ya que pronto se humedecía la porción de cuerpo recién seca. El calor era abrasador, incluso a la sombra.

—¿Y después? —preguntó ella.

—¿Cuándo? ¿A qué te refieres?

—Cuando todo concluya. No hemos hecho planes concretos. Solamente divagamos.

—Tomaremos unas vacaciones. Te las mereces. Y si no concretamos, es porque primero hay que cazar el oso, y luego desollarlo. Eso sueles escribir tú, ¿no?

La mujer cerró los ojos y aspiró el humo hondamente. Él arrinconó la toalla, desistiendo de su tarea imposible y fue a la cómoda por una segunda copa.

—¿Sabes algo del plan? —preguntó.

—No —ella continuó con los ojos cerrados—, todavía no hay plan, aunque sí la intención.

—No tardará en concebirlo. Ya está rebasando el límite de su resistencia.

Apuró la copa y fue al lado de ella. Carlota desabrochó su blusa, y se tendió en la cama con los ojos cerrados.

❀

Jorge llegó el sábado al anochecer. Tuvo que despabilar a un lanchero para que le trasladase a la isla. Había anunciado su arribo; pero como siempre, halló una excusa para dilatarlo. Al menos llegó, lo que fue milagro.

Hubo otro suceso prodigioso: en la mañana, después de una noche como todas en las que alegó fatiga, se despertó eufórico y conversador. Dentro de lo increíble, olvidó mostrarse esquivo y apático, e insinuó que su libido se sublevaba.

Judit aceptó, perpleja e intrigada. Ya no le deseaba, pero quería reseñar algo: si ella sentía placer a su lado, teniendo con quién compararlo. Salió de la duda, si bien entró en una triste certeza: gozó con su esposo, porque últimamente lo hacía a menudo sin importar con quién, pero ya no era igual que antes, sino mucho peor. Le originó mal sabor de boca, aunque le complació confirmarlo. Ya no tenían mucho que decir o hacer juntos.

Pensó en Ricardo. Sin el imprevisible Jorge, ellos estarían juntos, gozando del sol y la playa, amándose en la arena. El muchacho no se haría visible hasta el lunes, cuando ella le llamase. ¿Qué haría mientras tanto?

—Vamos a disfrutar una excursión en barco.

El anuncio de Jorge la sorprendió. Había considerado hablar con él seriamente, exponerle su idea del matrimonio, fijarle un plazo y... lo que surgiese de la inevitable discusión. Pero él lo desbarataba con su repentino cambio de humor.

—¿A dónde? —preguntó sin creerlo.

—Por la costa. Rentamos un pequeño yate con tripulación, que vaya bordeando, y comemos en cualquier parte. No nos quedaremos en casa.

No sabiendo cómo reaccionar, asintió. Dejaría que él organizase el día. La guiaría, eterna costumbre, como si ella fuese ciega. Así transcurrió el día junto a Jorge, evocando viejos tiempos. Ya no le quería, pero no concebía forma de decírselo. Lo tuvo presente todo el día, pero sin exteriorizarlo. En cada oportunidad que se mencionaba el tema de la isla, o de sus negocios, ella se preparaba para exponer su queja, pero su esposo, como si adivinase lo que seguiría, le planteaba unas vacaciones muy próximas.

—Regresaré el viernes —dijo él abrazándola—, e iremos el fin de semana a alguna parte. Si puedo, serán cuatro días.

—¿Y luego? —quizá lograse suscitar el tema crucial.

—Voy a procurar que Carlos me sustituya en algunos asuntos. Ya ha disfrutado sus vacaciones, y ahora nos toca el turno a nosotros.

—¿Vacaciones? —le sonó muy hermoso como para ser verdad. Se suspenderían en el último minuto.

—Sí, un par de semanas en Europa o cualquier lugar que elijas. ¿Qué te parecería Hawái?

Judit estuvo sonámbula el resto del día. No era digerible aquella broma de mal gusto. Ella le había engañado, le odiaba cada vez más, pensaba abandonarle o… eliminarle. Pero la mutación de él la había dejado muda, desarmada, desmoralizada. ¿Por qué tal cambio? Quiso preguntar, pero supuso que disiparía el encanto. Tan sólo comentó:

—Este fin de semana estás muy contento.

—Las presiones, querida, las presiones malditas. Ya no tengo tantos problemas y los negocios comienzan a rodar solos. He estado preocupado, cariño. No te lo dije para no afligirte, ¡sabiendo cómo eres! Nos amenazó la bancarrota, invertimos mucho y pudimos haberlo perdido todo. Tú no entiendes de estas cosas y, por eso, no te lo comenté. Ahora —hinchó el pecho y recitó al horizonte— comienza a aclararse el panorama, y vislumbro un futuro prometedor. Te voy a compensar de todo lo que has padecido en la isla —ellos estaban en el puente con los refrescos, el licor y los emparedados a su lado; la tripulación se ocupaba de las tareas del barco.

—Pude haber ido a San Pedro. Para estar sola es igual un lugar que otro.

—Mucho peor, cariño —usó voz dulce—, porque habrías visto, muy de cerca, mi nerviosismo y mal carácter. Eso si aparecía por la casa. He viajado mucho, recurriendo aquí y allí, tocando mil puertas y…

Ella sintió deseos irrefrenables de abofetearse. Había hecho un tifón en la piscina. Pero él no le confiaba nada, por lo que se extralimitó en conjeturas. ¿Cómo pedirle perdón sin palabras? Se abrazó a su cintura con fuerza. Él acarició su cabello, y continuó enumerando lo que había hecho para salvar la empresa.

Aquella mañana de lunes, Judit hizo algo inusual en los últimos tiempos: bajó a despedirse de Jorge en el muelle. Normalmente él se despedía en la puerta de la habitación, y ella le decía adiós sin despegar la mejilla de la almohada.

—Te dejo con tu amiga —bromeó él—, la novelista loca.

—Nunca has querido que te la presente —le recordó ella.

—No me interesan las solitarias traumadas.

—No está traumada, aunque sí solitaria. Y ya somos dos.

Mientras el bote de motor se alejaba, ambos persistieron largo rato saludándose con el brazo en alto. Ella sumamente confundida y arrepentida; él manteniendo el semblante de felicidad del domingo.

—¿Y ahora qué hago? —se preguntó cuando la lancha estuvo lejos— Con este cambio repentino, Jorge ha roto mis planes. ¿Y qué le digo a Ricardo? Bueno, de cualquier manera él no tiene nada qué opinar.

Pensó en Carlota. ¿Qué explicación aplicaría ella de tal variación de actitud? Colegiría algo turbio del comportamiento de Jorge, y le amargaría el buen sabor del domingo. No, no se lo diría por el momento. ¿Y a Ricardo? Tampoco. No cortaría el vínculo de inmediato, sino cuando la pasión se fuera enfriando. Acaecería irremisiblemente, y no urgía precipitarlo.

Subió a la casa y se sentó en el porche. Abordaba una nueva semana, tan lánguida como las anteriores, aunque con una ilusión en el horizonte. Se había excedido en sus conclusiones, y la vergüenza le acosaría durante días. Pensó en la infidelidad, la personal, como parte del remordimiento. No le pareció gran carga moral, lo que le impresionó. En realidad había ganado experiencia, descubierto un mundo nuevo y… mitigado las horas de tedio. En su conciencia no había pesar, aunque sí la promesa de ir paulatinamente restaurando la fidelidad.

—Pero con calma —se dijo— De todas formas no creo que él me sea muy fiel.

Sintió hambre, sensación que estuvo ausente los últimos días. Era síntoma de que se restablecía la normalidad. Se retiró del porche y fue a la cocina.

Cuando terminó el desayuno, nada frugal, tuvo deseos de descansar, de recapacitar acostada, de no hacer movimiento alguno, soportando impávida el calor que ya molestaba. Subió a su cuarto.

Con la prisa de la mañana, ni Jorge ni ella habían arreglado la habitación. La ropa estaba amontonada en los sillones, alguna tirada en el suelo. Era la prueba de que tuvieron celeridad en acostarse. Por un segundo sopesó si recoger las prendas antes o después de descansar un rato. Lo haría antes.

Empezó por la suya y pasó a la de él. Alzó el pantalón y lo colgó en el armario. La camisa estaba sudada, por lo que iría al cuarto de lavado. La cogió y la enrolló. Se disponía a dar por cumplida la faena, cuando vio un papel blanco en el sillón. Lo tomó. Se trataba de un sobre, tal vez algo importante de Jorge. Había permanecido cubierto por la ropa de él, y se le olvidó.

No lo abrió al principio, acarreándolo hasta el cesto de la ropa sucia. No tenía nada escrito en él, pero sí contenía algo. Le pareció, por la consistencia, que incluía una postal. No se acordaba que Jorge la comprase el domingo, aunque visitaron tiendas de recuerdos y regalos. Abrió el sobre y extrajo la postal. No era tal, sino una fotografía a color.

Sintió un mareo y retrocedió hasta la cama. Se desplomó y cerró los ojos. La fotografía fue a parar a la alfombra. En ella se veía a Jorge, en traje de baño, abrazando a una escultural mujer con poca ropa.

Judit apenas se percató del rostro de ella. No la conocía, y ni le prestó atención. Con verle a él fue suficiente. Tuvo deseos de llorar, de gritar o romper algo, pero se contuvo. La histeria serviría de poco. Habría una explicación, aunque... ¿cuál?

Cogió de nuevo la foto y la observó más detenidamente. Era una playa. Se veían edificios altos al fondo, con traza de hoteles; pero no especificaba qué lugar retrataba. La mujer le resultaba desconocida, y él... tenía la sonrisa del día anterior, si bien porque estaba con otra mujer, más joven bella y estilizada que su esposa.

—¡Maldito! —rugió.

Con ambas manos sujetó la fotografía para romperla por la mitad. Un soplo de sensatez irrumpió en su cerebro, y la contuvo. Revisó el reverso. Había una frase corta y cursi: "Te amaré siempre. Irene".

Judit grito, aulló y arrojó la fotografía al lado opuesto del cuarto. Luego se acostó de bruces en la cama y mordió la almohada. Durante un par de minutos concedió que aflorara la histeria, el dolor y el ridículo. Jorge se había burlado de ella, demostrándole un amor que no sentía, al tiempo que lo andaba prodigando por las playas del país. La ofensa era grave, primordialmente por el artero cambio de actitud de él, sus promesas vanas y la falsa historia referente a la bancarrota. Le habría dolido poco la traición, unos días antes, cuando recelaba tener competencia segura de que él no la quería, y ante un matrimonio que naufragaba. Pero ahora era un escarnio, una mofa cruel y una bofetada.

—¡Hablaré con Carlota! —decidió de pronto.

Ya no ocultaría nada a su amiga. Le daría detalles de todo, del domingo y de otros fines de semana, le mostraría la fotografía y le pediría consejo. Ya no cerraría los ojos y los oídos. Además... nada de divorcio, ni pleitos, ni separaciones; él se las pagaría bien caras, en especial por lo que se rió de ella el día anterior. Cogió el cuerpo del delito encaminándose a la sala. Cuando descolgó el auricular del teléfono, en sus ojos había fuego.

❀

—Una tonta negligencia, propia de alguien que vive solo y no se precave de su esposa —fue el diagnóstico de la escritora— Los casados suelen ser más cuidadosos con las pruebas incriminatorias.

—¿Por qué la llevaría consigo?

Judit se había calmado. Frente a Carlota, ambas en sus lugares y posturas favoritas, contemplaba a ésta. La escritora lo hacía con detenimiento a la fotografía.

—Me imagino que regresaba de este lugar, y no pasó por San Pedro. Lo podemos averiguar.

—¿Cómo? —deseaba saberlo todo, además de quién era aquella Irene.

—Conozco la playa, aunque ahora no la ubico. Pero no tardaré y contactaremos los hoteles. Hay manera de sondear si él estuvo recientemente en uno y… con quién. ¿Me la prestas?

—¿No te quedas?

—No, no puedo. Voy a ir a Balboa a recoger un paquete de mi editor. Yo haré toda la pesquisa. Me encanta ser un sabueso. ¿Me acompañas a Balboa?

—Pues… no, creo que no. Sería muy mala compañía. Voy a hacer un par de llamadas.

—¿A quién? ¿Tal vez…?

—A su oficina, a alguna amiga y… a quien se me ocurra —Judit cortó la especulación de Carlota. Por el momento no apetecía la compañía de… quien insinuaba. ¿O sí?

Pensó en Ricardo. Le recibiría a plena luz, y, de ser posible, con público. Se vengaría de Jorge inmediatamente antes de aplacarse. Y planearía bien su muerte. Mientras, intensificaría la revancha en el terreno del adulterio. Y después lo que su furia le dictase.

—Me voy —Carlota metió la fotografía en su enorme bolso— Te aseguro que sabremos bastante de Irene y tu Jorge. Quiero demostrarme a mí misma que por algo escribo novelas de crímenes.

—¿No son eróticas? Al menos, la que yo he leído…

—He cambiado de estilo. Ya había agotado todas las camas del mundo —dejó escapar una carcajada en el porche— Además mezclo lo uno y lo otro, y me divierto el doble.

—Yo también voy a cambiar de estilo —prometió Judit— Ya no seré la tonta esposa que se lo cree todo.

—Harás bien. Ya has admitido que el mayor enemigo de una mujer es su esposo.

—¿Y su mejor amigo?

—Aún no se ha encontrado uno. Los amantes son amigos de paso, más bien de orgasmo.

La escritora levantó el brazo y descendió con cautela los escalones de piedra resbaladiza, con rumbo al muelle. Judit permaneció en el porche, viendo a su amiga arrancar el motor del bote.

—Su mejor amigo es el difunto esposo —dijo en voz baja.

X

Judit entró en la casa apresuradamente. El teléfono sonaba con insistencia. Supuso que era Carlota, por lo que descolgó. Si hubiera presentido que era otra persona, habría zumbado hasta la saciedad. Esperaba a Ricardo, y no estaba para llamadas equivocadas.

—¡Bueno! —dijo jadeando.

—¿Dónde estabas? —inquirió la escritora.

—Paseando —no deseaba prolongar la conversación— Tengo unos nervios y un humor que…

—¿Has sabido algo?

—Sí, que se ha ido a Isleta a un "negocio".

—Isleta, allí sacaron la foto. Estuve indagando.

Judit se acomodó en el sofá. Como si la viera, supo que Carlota estaría en una postura similar. Lo que no veía ni soñaba, era que la escritora no investigó nada aunque tardara varias horas en informarle lo que ella conocía de antemano. La vida de Jorge era, para Carlota y desde algún tiempo atrás, un libro abierto. A su lado, encima del sofá, había un revoltijo de papeles. En primer plano la fotografía de Jorge e Irene, seguida de la gestión de un detective privado, fechada un mes antes.

—¿Y qué descubriste? —Judit tenía sed de saber.

—Irene Durán, modelo de alta costura, domiciliada en San Pedro, querida oficial de tu esposo desde hace unos cuatro meses.

—¡Maldito! Quisiera que ahora mismo le partiera un rayo.

—Pasa el verano, habitualmente, en Isleta. Este año en una villa costera, cuya renta paga... ¿Quién imaginas? —no esperó la única respuesta posible— ¡Has acertado!

—¡Degenerado!

—Ése mismo. Le han visto todo este verano en su compañía. No me resultó difícil una vez que supe el nombre que una amiga de Isleta me dio, y mil referencias más. ¿Las quieres oír? —Carlota rió.

—¡No! ¿Me tomas por masoquista? Ya sé lo necesario.

—¿Y qué vas a hacer?

—Voy a pasear por la playa, darme un baño y escuchar a los grillos.

Carlota emitió una inaudible risita. Todo aquello era sinónimo de Ricardo. Conocía el código o clave convenida por los amantes: una llamada a una tienda de Balboa, diciendo que Ricardo Fuentes podía pasar a recoger su coche a Cabogrande, y él recalaría en la isla por la noche, confiado que no habría moros en la costa.

—¿No quieres venir a mi casa? —la invitación de la escritora encubría su conocimiento de lo que sucedía. Ella sabía la negativa de antemano.

—Esta noche no. Mañana al mediodía podemos comer juntas.

—¿En la isla?

—No, porque ya me parece cárcel.

—En mi casa —aceptó Carlota— No me despiertes temprano.

—Después del mediodía.

—Un buen golpe en la cabeza y... ¡ya está!

Ricardo escenificó lo que sugería. Se movió lentamente por la sala acechando un ficticio personaje entretenido en el ventanal. Avanzó de puntillas, empuñando el hipotético bat de béisbol. Apuntó, midió la distancia y...

—¡Zas! —exclamó.

Judit dio un brinco, a la vez que su corazón aceleró el ritmo. Vio caer a Jorge, ponerse rígido y expirar el último aliento. Luego miró al bat, notando la sangre pegada a él. Se frotó los ojos y reparó de nuevo en el suelo de madera, y suspiró. Jorge no estaba allí... aún. En cambio sí Ricardo, agachado junto al hipotético cadáver, certificando que no requería otro golpe.

—No tengo un garrote —recordó ella, recobrando el habla perdida.

—Hay garrotes ahí fuera, en cada árbol.

—¿No sería mejor un balazo? Jorge es fuerte.

—¿Tienes una pistola? —imaginó que no.

—No, pero... —Carlota le había hablado mucho de una— la puedo conseguir.

—Es mejor, porque no hay que aguantar la respiración, ni peligro de que dé media vuelta y se defienda. Desde allí —señaló la puerta de la cocina— no hay riesgo.

—¿No fallarías?

—No se trata de apagar un cerillo, sino de atinarle a un hombre. Además, con la pistola en la mano puedo acercarme lo que quiera. Se volverá de piedra hipnotizado por el cañón.

Judit se acostó en el sofá. Todo parecía sencillo, pero algo podía salir mal. La frase "el criminal nunca gana", la tenía clavada en el cerebro con obcecada reiteración, más pertinaz que un comercial televisivo.

—Mañana temprano, antes de irme, romperé una ventana —continuó Ricardo—, y tú llamarás a la policía.

—¿Para qué? —que ella supiera, la policía no reparaba ventanas.

—Para que sepan que la isla no es segura —mencionó las instrucciones de Carlota— Hay robos por esta zona y tu casa está muy expuesta. Les dices que revolvieron todo y se llevaron dos o tres cosas caras. Nos esmeraremos poniendo los cuartos patas arriba.

—¿Y yo?

—Tú irás a Cabogrande o a Balboa de compras. Al regreso te topas con la casa asaltada y desvalijada.

—¿Y si ellos se quedan?

—¿La policía...? —Ricardo fue junto a ella, sentándose a sus pies— Tomarán nota y escribirán un reporte. Luego irán a sus casas, verán la televisión y lo traspapelarán.

—¿Y para qué haremos eso?

—Para que sirva de precedente cuando... tu esposo encuentre al ladrón.

—¡Ah! —Judit entendió la idea. Le parecía buena, de novela policiaca. No imaginaba que estaba ya escrita y guardada en el cajón de la mesita de Carlota— Rompemos un vidrio, revolvemos todo y nos vamos. Yo regreso en la tarde, y llamo a la policía.

—Exactamente. Luego me consigues la pistola.

—¿Vendrás en la noche?

—No, mañana sería peligroso. No confío en que vigilen, aunque de hacerlo será por un par de días, no más.

—¿No nos veremos?

—Es arriesgado, pero... vendré el miércoles.

Movió su cuello hacia ella, esperando su aprobación. Judit buscó los labios de él antes de besarlo, luego Ricardo le preguntó:

—¿Tienes miedo?

—No. Contigo me siento protegida.

La tarde en casa de Carlota fue aburrida. La escritora escondió el informe del detective, que se lo sabía al dedillo. Por ello el tema versó sobre Irene, Isleta y la infidelidad de Jorge. La escritora se ensañó con su amiga, reprochándole continuamente haber sido tan ingenua. La existencia de otra mujer, en la vida de su esposo, siempre fue innegable, el aroma estaba en el ambiente y ella debió husmear en profundidad.

Judit reconocía su exceso de confianza, su falta de espíritu y carencia de ideas propias. Pero ya de nada servía lamentarse. Ocuparía sus reflexiones en otra cuestión que, aunque relacionado con el tema del día, era mucho más grave. No había actuado a tiempo, era cierto, pero ahora lo haría con la mayor energía posible. Si los muertos tienen memoria, Jorge no iba a olvidarse de aquello.

A las cinco, poco antes de oscurecer, ella regresaría a la isla. Carlota no insistió en que se quedara, consciente de que se verían poco más tarde, cuando Judit le avisase del "robo". Así pues, dijo que se acostaría un rato, para después aporrear la máquina de escribir hasta tarde.

Apenas puso un pie en el embarcadero, Judit corrió a la casa y tomó el teléfono. No se dilató pese al prolijo inventario de lo "sustraído".

—¡Carlota! —gritó como loca.

La escritora no se había apartado del ventanal, espiando, con el catalejo, los pasos de su amiga. Ella contestó con voz soñolienta.

—¿Qué te ocurre? ¿Algo malo?

Ambas entablaron un certamen teatral, fingiendo emociones y tono de voz. Una de ellas sabía bien que la otra mentía, por lo que tenía ventaja.

—¡Me han robado!

—¡¿Qué?! —Carlota jugó con sus largas uñas— ¿Qué te han robado?

—Todavía no lo sé, pero han asaltado la casa, roto un vidrio y todo está revuelto.

—Voy enseguida —estaba vestida para salir— Tú llama a la policía.

—¿Para qué? ¿Crees que atrapen al ladrón?

—Si te das prisa… Llámales y haz un recuento de lo robado. Voy para la isla.

Carlota colgó apresuradamente. Judit marcó otro número, el primero de la lista de urgencias, y narró la misma historia. Después se dedicó a escribir la lista de "objetos" robados. No serían muchos, aunque sí de abultado monto económico o estima sentimental. Mientras lo hacía, para confortarse, pues el nerviosismo era real ante la inminente aparición de la ley, se sirvió una copa de brandy.

El agente de policía estaba extenuado y hastiado. Los fines de semana eran agotadores: robos, ahogados, faltas a la moral, jóvenes fumando marihuana, acampadas en lugares prohibidos, borrachos y… luego, a lo largo de la semana, se tomaba un descanso, a no ser que alguien como aquella señora le llamara. Solía acontecer, más en Balboa que en Cabogrande, que los "ajenófilos" aprovechasen la ausencia de los dueños, los que vacacionaban los fines de semana, para robar en las casas. Pero ellos lo notaban el viernes o sábado, no un martes. En Cabogrande no era tan habitual, aunque se producían, como en el presente caso, cuando se incrementaba la vigilancia en Balboa. Y ahora era rígida la orden del alcalde por la muerte de un homosexual en la playa.

—¿Como cuánto se llevaron? —preguntó.

Su rostro enjuto y bronceado demostraba poco interés. Miraba sin ver, con los ojos entornados por el sueño. No entendía a aquellos ricos que acarreaban joyas a las playas. Él apenas tenía para regalarle un reloj japonés, de los desechables, a cada uno de sus seis hijos, y ellos gastaban fortunas en trebejos extravagantes. Una figura de jade. ¿Para qué sirve el jade?

—Unos diez mil dólares —dijo Judit—, quizá más.

—Diez mil dólares —escribió el policía.

Revisó su camisa sucia y el pantalón reluciente por el uso. Sus sandalias cumplían tres años de edad, siendo lo más moderno de su atuendo, y aquella mujer dilapidaba diez mil dólares en cachivaches tontos. Ahora le llamaban para que los recuperase, cuando días antes ni sabían que había policías en Cabogrande. Con seguridad no colaboraron para la fiesta anual del cuerpo policíaco.

—Son obsequios de mi esposo —manifestó la "robada"— ¿Recuerdas el collar de perlas?

La pregunta iba destinada a Carlota, quien, a su lado, la consolaba. El policía bostezó. Él no empalagaba a los turistas detallando que su refrigerador no servía, que la plancha se había quemado y que su automóvil agonizaba sobre ruedas. Eran cosas más valiosas, por lo útiles, y no costaban diez mil dólares. "En fin, ellos son los que pagan", pensó.

—Sí, lo recuerdo —mintió, ya que nunca había sabido de un collar de perlas, pero supuso que lo hubo, o Judit no se pondría en evidencia— ¿Te lo han robado?

—Sí, y valía más de dos mil.

—Son caras esas cosas —murmuró Ceballos, el único agente que estuvo disponible para escuchar a dos señoras ricas, e irlas a ver para que no estuvieran indefensas— Mi esposa tiene uno de plástico.

—Plástico —repitió Judit, estupefacta.

—Son más cómodos —reconoció Carlota—, y no los roban.

—Así es —dijo el agente— Haré el reporte y enumeraré los objetos. Veremos si alguno aparece y nos encamina al ladrón.

—¿Suele suceder? —preguntó Judit.

—A veces —Ceballos sabía bien que no. Si robaban en la costa, vendían en el centro y viceversa— Aunque ahora… no creo que sea fácil.

—¿Por qué? —Judit debía preocuparse por las pertenencias, aunque fuese milagroso que rescatasen lo que no le faltaba.

—Hay mucha inspección en las carreteras. Han pedido refuerzos… Es por lo del muerto.

—¿Un muerto? —Carlota se adelantó.

—Lo encontraron el sábado por la mañana. Estaba en la playa y era homosexual —el calificativo sobraba, pero la policía de Balboa lo manejaba constantemente.

—¡Qué horror! —exclamó Judit, tapándose el rostro con las manos— ¿Se ahogó?

Ceballos volteó hacia la mujer, sin comprender. No atinaba si le horrorizaba que estuviera muerto o fuera homosexual.

—Le dieron tres tiros por la espalda —al hombre le agradaban más tales casos. Pero éstos le correspondían a Arias, quien los odiaba.

—¿Y dice que era…? —Carlota evitó el epíteto.

—Eso afirman unos, aunque alternaba con algunas mujeres.

El policía se fijó en la botella de coñac. Saliendo de esa casa ya no trabajaría más en el día, yendo directamente a su casa. Al día siguiente llenaría el expediente y le harían el caso de siempre: enviarlo a todas partes y esperar a que alguien contestara.

Carlota captó lo que Ceballos no se atrevía a pedir, y se lo ofreció:

—¿Una copa, teniente? ¿Puede, o está de servicio?

El policía agradeció el gran ascenso, juzgando que tal honor era digno de celebrarse. Todavía estaba de servicio, pero...

—Sí, aceptaré una.

—¿Era homosexual, o salía con mujeres? —preguntó Judit.

—¿Le pongo refresco? —ofreció Carlota— ¿Y hielo?

—Sí, muchas gracias.

Carlota fue a servir la copa con Coca-Cola y unos cubitos de hielo. No le ilusionaba el tema, pero aparentaría atención. Judit plantearía todas las preguntas, sin obviar las indiscretas.

—No se sabe bien —repuso el agente a la pregunta de Judit— Era un muchacho de San Pedro, de los que andan por aquí y por allá, viendo qué les cae. No le conocían mucho, pero dicen que solía acostarse por dinero.

—¡Qué horror! —exclamó Carlota, dándole la copa a Ceballos— ¡Hay cada individuo!

—¿Y no han atrapado al asesino? —Judit estaba muy interesada por dos razones. La primera: medir el alcance de la ley, su efectividad. La segunda: la identidad del muerto. Razonó que no era Ricardo, pues él estaba vivo el lunes; pero le intrigaba el morboso caso.

—No. Es difícil con tanta gente de paso. Fue el viernes por la noche o la madrugada del sábado, que es cuando hay más movimiento en las playas.

Ceballos apuró la cuba. No se dio cuenta de que no era un gran vaso, sino uno de esos de mucho vidrio y poca capacidad, por lo que quedó absorto en el fondo. Carlota extendió el brazo y él le entregó el vaso con diligencia.

—Le serviré otra —invitó la escritora.

—No sé si debo...

—Nosotras no diremos nada —bromeó Carlota.

—En tal caso... —Ceballos no solía beber un buen coñac todas las tardes, ni siquiera recordaba la última ocasión
que lo hizo. Lo normal era ron nacional, y no del mejor—
Hace calor...

—¿Le mataría una mujer? —preguntó Judit.

—Es posible —el policía puso expresión dubitativa—,
aunque se sospecha más de un hombre.

—¿Hombre, o...? —Carlota evitó la palabra, prohibida
en su vocabulario social, aunque muy frecuente en el de sus
novelas.

—Una de las dos. Yo creo que es obra de un esposo engañado.

—¿Sus amigas eran casadas? —Carlota se sentó junto a Ceballos. Para evitar viajes, colocó la botella, los hielos y dos
Coca-Colas en la mesita.

—La mayoría. Tenía fama de discreto, además de afeminado. Y las casadas eran presa más fácil. El tipo cobraba
—lo expresó con la certeza de que en el mundo de aquellas
mujeres no se pagaba por el sexo. Decían algunos que hacían
orgías, pero entre amigos.

Judit sintió un repentino sofoco. Ceballos no lo percibió,
ocupado de Carlota a su lado, quien era la que le propor-
cionaba el licor. Lo de afeminado y señoras casadas había
causado eco en la memoria de ella, pero no le había pagado.
Se sirvió otra copa, sin refresco, la tercera de la noche. Para
eliminar dudas, preguntó:

—¿Cómo se llamaba?

—Creo que... —Ceballos la escrutó con ojos de sabueso, la típica exploración que a todos hace sentir culpable.
Normalmente los servidores de la ley ven un delincuente

detrás de cada rostro, al igual que los doctores la muerte en cada enfermo.

—Si es de San Pedro, tal vez Judit lo conozca —conjeturó Carlota.

—Yo no conozco a ningún… —balbuceó la dueña de la casa. Le pareció que seguir estaba de sobra, pues ellos entendían a qué se refería.

—Tal vez —Ceballos dejó de intimidarla con ceño acusador— No estoy seguro, pero creo que Antonio. Nos mandaron una foto y datos, pero yo apenas los he leído.

—Con únicamente el nombre —Judit intentó disimular su nerviosismo—, es difícil saber. Pero bueno, ya está muerto, y nada podemos hacer nosotros.

Carlota acudió en amparo de su amiga. Había optado por no intervenir, pero, conociendo a Judit y lo que hubo con Antonio, intuyó que cometería un desatino.

—¿Han investigado entre sus amistades? —preguntó.

—Entre algunas, pero es difícil atinar con las mujeres que le conocieron. Balboa es un pueblo de paso, veraniego, y muchas apenas vienen por el fin de semana.

—¿No arrastraría el problema desde San Pedro? —la escritora profundizó en Judit, comprobando que seguía nerviosa, y que bebía sin sed. El agente no se percataba, pronto al coñac y absorbido por Carlota. Se notaba que le gustaban las delgaditas.

—Lo hemos pensado. Yo, en lo personal, tengo esa idea. Ya hace unos años que nos topamos con un homicidio de este tipo. El asesino eligió un pueblo pequeño, donde no le conocían.

Ceballos se sirvió otra copa, con descaro. Carlota le miró de reojo, y luego a su amiga. Ésta fue en busca de algo de comer para ofrecer a sus "convidados", y para paliar el mareo que sentía, fuera de la desazón o del alcohol.

—Es interesante, y si ya ha habido un precedente —analizó la perita en crímenes—, tal vez se trate de uno de esos asesinos en serie. ¿En el caso anterior también el occiso era afeminado?

—Pues... —el policía quedó perplejo: la señora no solo estaba bien, sino que era inteligente—, no hemos pensado en eso.

—Sabe, es que soy escritora, y para serle franca, todo esto me apasiona sin morbo, pero como un bagaje cultural. Me gustaría conocer más detalles.

—Yo no llevo el caso —se excusó Cevallos—, pero lo que pueda saber, si a usted le interesa...

—¿Otra cubita? Yo creo que tomaré una.

Carlota le sonrió. El hombre ya había olvidado el robo, así que haría el informe y lo perderían en algún cajón.

Cuando Ceballos abandonó la isla, Judit se encontraba mucho más radiante que de costumbre. Había bebido varias copas, lo que le ayudó a transigir la presencia del policía. Asimismo tomó para suministrarse el valor de mentir sin flaquear, y para festejar que el tipo se lo creyó todo. En realidad él no se conmovía si robaban a los ricos, ya que a ellos mismos no les afligía.

Las dos mujeres se quedaron solas, y Carlota bostezó aburrida. El agente consideró más la botella de coñac que lo que ellas le dijeron. Se fue al recapacitar que era demasiado beber estando de servicio, aunque aún quedaban un par de copas. Judit se sirvió una, en cuanto Carlota acompañó a la puerta a Ceballos.

—Se diría que estás celebrando que te roben —opinó la escritora.

—Me ponen nerviosa estas cosas.

—¿Te sonó el nombre del muerto?

—No —Judit se estremeció— ¿Por qué iba a sonarme?

Había recreado la escena del hotel, y le parecía increíble que estuviera muerto. Pero que no detuviesen al asesino aumentaba la fe en el plan de Ricardo.

—Estoy sudada —dijo Carlota—, y me urge un buen baño.

—Puedes bañarte en mi cuarto —propuso Judit.

—Prefiero usar la ducha del jardín, al aire libre. Alguien debe hacerlo, para darle alguna utilidad. Tú no has usado la mitad de lo que hay en esta casa.

—¿No dices que el aire te agobia?

—No me moriré por probar.

—Te bajo una toalla.

La ducha estaba en la fachada derecha de la casa. Se había previsto para remover la sal y arena al regresar del mar, y no esparcirla por la casa. Judit no la usaba, y Jorge ignoraba su existencia.

Portando la toalla, Judit se detuvo en la esquina. Carlota disfrutaba el chorro de agua tibia, caldeada por el sol de la tarde. De espaldas a la puerta, no percibió el arribo de su amiga.

Cuando Judit llegó a la ducha, la bañista dio media vuelta. Se asombró al tropezar con su amiga, quien se le unía sin ruido. En la faz de la espectadora había una extraña crispación, que motivaba la desnudez de la rubia. Carlota no cubrió su cuerpo, cerró la llave y estiró la mano. Judit abrió la toalla, sin soltarla, y avanzó un paso. La escritora giró sobre sus talones para recibir la toalla.

Judit depositó la franela en los hombros de su confidente, pero no retiró las manos, sino que deslizó ambas y rozó los diminutos senos de la desnuda. Carlota, turbada, inmovilizó las manos de la osada, y las apretó contra su pecho. Judit no pronunció palabra, ni intentó repelerla.

—Hace mucho que no siento manos ajenas en mi cuerpo —dijo la escritora con voz alterada.

—¿Y no te importa de quién sean?

En la faz de Judit se dibujó una gran sonrisa. A pesar de las negativas de Carlota, ella maliciaba que plasmaba en sus novelas sus vivencias y no invenciones. El alcohol la había desinhibido, y suministrado el descaro para averiguarlo. Por otra parte, recientemente y más al saber la traición de Jorge, había jurado abrir la puerta de su sexualidad a lo que le apeteciese, prohibido, censurable o permitido.

La flaca dio media vuelta, y enfrentó a la morena. La insolencia de ésta provenía del licor de aquella tarde, pero exteriorizaba algo que no era nuevo para la escritora, que siempre rondó su mente. Había esperado largo tiempo su destape para confesar su debilidad por las mujeres. Se alegró que Judit lo facilitase de forma tan directa, sin circunloquios superfluos; y más que fuese ella la que daba el paso tan delicado, el tan temido por el posible rechazo.

—Me domina la belleza —explicó la escritora—, y no exijo certificado de procedencia. ¿Te he decepcionado?

Judit apoyó su barbilla en un hombro de su amiga. Ésta encogió la cerviz para acariciar con su mejilla la cabeza de Judit.

—Lo presentía. Casi me atrevía a jurarlo.

—Y has necesitado alcohol para animarte.

—Me ha ayudado. Lo he pensado mucho, pero no encontraba el momento.

—¿No te repugna?

—Soy de criterio amplio.

Carlota prorrumpió en carcajadas. Se le notaba la excitación mayor que la de su amiga, y la hilaridad era forzada. La toalla resbaló. Era un acto estudiado, un modo de despojarse definitivamente de la careta. Lentamente se aproximó a

Judit, y pasó los brazos por su cintura. Ésta no se movió un centímetro. La escritora demandó sus labios. Judit le privó del contacto.

—¿Me rechazas? —preguntó la rubia, con timbre de malestar— ¿Has pretendido sustentar tu hipótesis y... nada más?

—No, no es eso; pero sin besos. Esa parte, todavía...

—Lo entiendo. ¿Entramos?

Judit dio media vuelta. De su interior surgía una emoción que suscitaba temblores. Había aguantado sin alterarse, pero lo que seguía la enmudecía. Así le sucedió con Antonio, y fantaseaba con él cuando ofreció la toalla a Carlota.

Cuando vio el cuerpo desnudo de Carlota, le pareció que se trataba de Antonio cuando lo vio ducharse en el hotel, y aquella noche la imagen de él se había fijado en cu cerebro. Y el alcohol, y el hecho de que últimamente su libido anduviese irrefrenable, y la noche, y... en fin que todo estaba en su contra o... quizá a su favor.

La escritora se abrazó a la espalda de Judit, apenas transpusieron la puerta de la casa. Ésta notó que el frenesí le inflamaba las entrañas. Nuevamente algo inusual hostigaba fibras no exploradas. Había rondado su cerebro como parte de la fascinación que la escritora ejercía en ella, pero nunca quiso admitirlo. Y menos lo admitiría a Carlota para que especulase que lo originó el momento, el alcohol, el calor del crepúsculo... Saberse deseada era explosivo para el ego de la escritora, así que mejor si atribuía el momento a cualquier otro motivo.

Dejó que Carlota le fuera quitando el vestido. Ya no daría marcha atrás, porque no podía ni quería. El alcance del paso sería despejar su incógnita, y conocerse en plenitud. La trayectoria de aquel verano no tenía meta concisa, pues invadía sucesivamente terrenos prohibidos, aspirando a mayor riesgo apenas conquistada una cota de la increíble colina sexual. Le faltaba incursionar en una relación sáfica para coronar todas sus fantasías.

—¿Vamos a tu cuarto? —preguntó Carlota con una docilidad desusada.

—Prefiero la alfombra. Es menos conyugal.

—Me tienes atónita. ¿No es tu primera vez?

—Sí. Pero la cama huele a hombre.

Carlota aplazó la risa. Sus neuronas vibraban, y la visión de la desnudez de Judit la trastornaba. Toda su flema se había esfumado, y tan sólo pensaba en poseer a quien significó su capricho durante todo el verano. Tuvo que aplicarse en su disimulo, subordinar su tendencia, reprimir palabras y actos, para no ser obvia. ¿Habría captado Judit que su asiduidad a la isla se sujetaba a un plan? En tal caso, el roce en la ducha no fue accidental, sino elaborado. ¿Con qué fin?

En el suelo, ambas quedaron sobre un flanco, sin despejar quién tomaría la iniciativa. Judit lo solucionó al escoger una posición dominante, subiéndose en la escritora y entablando, torpemente, la frotación.

Carlota expresó con rostro y ojos, que la sorpresa le embargaba, además que se sometía a la iniciativa de su amiga: una Judit transfigurada. Captaba su inexperiencia al iniciar un contacto, pero le arrebataba el entusiasmo insólito que derrochaba. Cuando la neófita se lo permitiese, ella le daría su cátedra, y podía jurar que iba a ser inolvidable.

—Vendrá mañana por la noche —dijo Judit.

El día anterior ella y Ricardo habían ajustado y afinado los detalles. Como rúbrica, sellaron el pacto con sus cuerpos, y Ricardo le informó a Carlota de la inminencia del desenlace. Luego todos estaban al tanto, excepto Jorge. Éste se enteraría demasiado tarde.

Carlota, ante el mirador marino, curioseaba la salida y entrada de botes a la bahía. Judit se movía nerviosa detrás de ella, frotándose las manos. Desde lo acontecido la noche del fingido robo, frecuentaba Cabogrande refugiándose en casa de la escritora. Pero algunas noches, sin que su amiga se opusiera, regresaba a la isla. Ricardo la acompañaba puntualmente.

Él se quejaba, cada vez más, de la natación nocturna. Era fatigante y peligrosa. En un principio resultó un juego novedoso que le sirvió para alardear ante ella. Según pasaba el tiempo, entre las brazadas y el "ejercicio" en la isla, el muchacho mostraba síntomas de debilidad. Por ello, urgió a la mujer a tomar una decisión.

Jorge, explotando el nuevo matiz de esposo amoroso, llamó desde Isleta, si bien dijo que lo hacía desde San Pedro. Judit soportó estoicamente sus palabras dulzonas y la mentira acerca del trabajo. Incluso hizo oídos sordos a sus múltiples actividades, y que tenía que ir a Ciudad Valdés a la zona industrial. Lo que a ella le interesaba, y puso énfasis, era saber cuándo llegaría. Él anunció que sería el viernes.

—¿Crees que se enoje por la pistola? —le preguntó Judit a Carlota.

—¿Piensas mostrársela? —la escritora hizo una mueca con la boca, desviando el rostro de los ojos de su amiga.

—No sé. ¿Qué me aconsejas?

Judit había aceptado el arma después del "robo". Se negó al principio, con falsa convicción, para al fin meterla en el bolso. Desde entonces había mencionado el arma diariamente. Lo hacía para destacar que estaba en la casa, y era un peligro; como si Carlota, quien se la prestó, no supiera cuál era su uso normal.

Con infinita paciencia, Carlota escuchaba a su amiga pugnando consigo misma en lapsos, por no revelarlo todo y decirle a Judit que ya bajase el telón de su teatro. Pero callaba y oía íntimamente jocosa.

—Mañana por la noche —repitió Carlota— ¿Te quedas hoy? —preguntó con ironía.

La amistad se había reforzado por la unión sexual. Si bien Judit, un tanto arrepentida, y sin ser influida por el licor, no solía insinuar nuevos eventos. Pero no los rehuía si Carlota los planteaba.

—Sí, hoy sí —manifestó Judit— Hasta mañana por la tarde.

Ricardo descansaría aquel día para estar listo al siguiente. Se emboscaría en la isla acechando a Jorge. Ella no se movería de Cabogrande, apersonándose cuando todo hubiera terminado. Jorge prometió tomar el avión de las cinco, lo que le pondría en la casa alrededor de las seis y media. Por tanto, buscaría qué hacer hasta después de las siete. Carlota ayudaría a que pasase el tiempo.

—Ayer te entró mucha prisa por irte —le recriminó la escritora.

Judit no advertía que la escritora sentía celos de Ricardo, consciente de que se acostaba con Judit. Y por ello la atosigaba al día siguiente, solicitando ser incluida en el reparto de clímax. Había adquirido un derecho, y no lo cedería fácilmente.

—Hoy no tengo ninguna —insistió Judit.

La rubia pasó sus largos y huesudos brazos por el cuello de Judit. Ésta descifró el mensaje, sin relacionarlo con que la noche anterior vio estrellas con Ricardo.

—A veces me relegas —dijo Carlota con tristeza— ¿No me extrañas cuando te recluyes en tu isla?

—¡Claro que sí! —contestó sin dudarlo— Estaré contigo si me lo permites, hasta que calcule que él está al caer.

Sonaba excepcional, pues ella regresaba a casa sin que hubiera, supuestamente, quién la esperase. Pero Carlota debió asentir porque sabía bien lo que tramaban para la noche del viernes.

—Por supuesto que puedes quedarte —ofreció.

—¿Y si me llevas mañana a la isla?

Judit acomodó la estrategia en aquel momento. En el plan original ella iría con uno de los lancheros, le diría que no tenía dinero encima pidiendo crédito hasta la isla y él sería testigo del hallazgo del cuerpo sin vida de su esposo. Pero si la escoltaba Carlota sería más convincente. La escritora se adelantaría y tropezaría con el cadáver.

—Es que... —tenía que aceptar, pero después de tantas negativas de conocer a su esposo, le resultaba difícil decir un rotundo sí— Bien, te llevaré. Veré si tuviste buen gusto, al menos, ya que no mucho seso.

—¿De qué?

—Al elegir esposo.

—Pero ya le conoces.

—Le he visto en fotografía, y una vez en Cabogrande, lo que no es suficiente para catalogar a alguien.

Judit guardó silencio. Si todo salía según lo pronosticado, Carlota tendría poco qué deliberar con un difunto. Sintió un escalofrío súbito: no era broma, y la velocidad con que se avecinaba renovaba el pánico. Ya casi veía realizado el crimen, al trascender de una simple plática o un juego para no aburrirse. Jorge iba a morir, y ella lo sabía de antemano. Se acercó al ventanal y avistó la bahía. Carlota la observó de soslayo riendo por dentro. Le encantaba su papel en la trama, porque detentaba los más importantes: era la guionista, la directora, e incluso había elegido los decorados y la utilería. Si fuese el asesino y la víctima, nadie más actuaría en la obra.

XI

Judit y carlota se veían tensas en la popa de la lancha, e inusualmente silenciosas. Unos pocos minutos más, y alcanzarían el embarcadero. No se cruzaron con ningún bote en el trayecto, lo que era favorable para ambas, puesto que tal circunstancia dificultaba definir la hora de su arribo al lugar del crimen.

—Todavía no ha llegado —dijo Carlota, cortando el denso silencio.

—¿Cómo lo sabes? —Judit se sacudió el sopor que le provocaba el ruido de las olas.

—No hay luces en tu casa. ¿Le gusta la oscuridad?

—No. Posiblemente se habrá quedado dormido.

—Al menos habría encendido la luz del embarcadero.

Una conjetura crecía en Carlota que transmitió inmediatamente a Judit. Coincidieron en la deducción: Jorge no había cumplido su palabra. Nada insólito, conocida su informalidad y la facilidad para conseguir algo que le retuviera lejos de su casa. Si él no aparecía, el proyecto se iba al agua. Ambas lo tenían en mente, y ninguna se atrevía a ponerlo en palabras.

No siguieron elucubrando, ya que el muelle estaba próximo y debían atracar. Sabían cómo y tenían prisa por lograrlo.

Judit saltó sobre el maderamen, amarrando la soga alrededor del poste carcomido por el salitre. Carlota apagó el motor, uniéndose a su amiga.

Subieron codo a codo la pendiente de las losas musgosas. Judit deseaba que Carlota la precediese, por lo que aminoraba el paso. Coincidentemente la mente de la escritora abrigaba la misma idea. Ninguna quería ser la primera en localizar al occiso, si es que había uno.

Se detuvieron en el porche, dilatando con persistencia el acceso. Judit no entendía nada, pero un sexto sentido le inspiraba que Carlota actuaba de forma rara. Habría incurrido en alguna torpeza, o la intuición de la escritora leía en ella o en el ambiente. Presagiaba algo anómalo, tanto dentro como fuera de la casa.

—¿No vas a pasar?

La voz varonil de Jorge hizo que Judit brincase. Carlota no pareció extrañada, y ni se fijó en el hombre del umbral. Pasó ante él deteniéndose junto a la puerta, en la penumbra.

—¿Y tú, querida?

El corazón de Judit se desbocaba, a la vez de que su razón se ausentó. No pudo apreciar el tono burlón de él, pues buscaba a Ricardo, más con el espíritu que con los ojos. Éste se había retrasado o… ¿se habría ahogado? En una fracción de segundo pensó en Antonio, y en que Ricardo pudo correr igual suerte.

En busca de respuesta, Judit se centró en su marido. Seguía teniendo la sensación de que ocurría una tragedia, si bien no acertaba a percibir cuál. Él sonreía, como los últimos días, de un modo antes no conocido. Pero no era tanto de contento como de burla.

El hombre alto, de complexión media con ligera tendencia a la obesidad en la cintura, de sienes plateadas circundando el pelo castaño, tomó del brazo a su esposa y la condujo al interior de la cabaña. Carlota les esperaba con un cigarrillo encendido, agarrotada, delatada por la oscilación de la luminosa punta del tabaco.

—No lo vas a creer —dijo el hombre situándose ante las dos mujeres— he sorprendido a un ladrón en la casa.

—¿Dónde está?

Judit corrió hacia el interruptor, y prendió la luz. No había nadie en la sala. Se volvió hacia Jorge y le vio abrazando a Carlota, pasando su brazo derecho por los hombros de ésta. La escritora abarcaba la cintura de él con el brazo izquierdo. La miraban divertidos, como si festejasen su cumpleaños, observándola buscar el regalo escondido.

—¿Qué es lo que pasa? —Judit retrocedió unos pasos. Ya había captado que algo inusual acaecía, y era más serio de lo imaginado. No hallar a Ricardo le parecía más grave que haber encontrado el cuerpo sin vida de Jorge. Una vaga suposición fue tomando cuerpo en ella. Se transformó en certeza en unos segundos, a la segunda mirada.

—¿Se conocen? —la pregunta era ociosa y pueril, bastando una simple mirada para responderse, pero Judit en aquel momento carecía de lucidez— ¿Qué es lo que pasa? —su obsesión era que le explicasen en lugar de mirarla.

Jorge cerró la puerta de un manotazo, y de otro corrió el grueso pasador. De su rostro se tachó la sonrisa forzada, al entornar con odio sus ojos. Judit al fin vio la luz. Su esposo estaba al tanto de su plan. Y... ¿Carlota? Giró completamente hacia ella.

—¿Dónde está él?

La pregunta de Carlota, dedicada a Jorge, turbó más a la confundida Judit. Según parecía, ellos tres se conocían y ella era el motivo de la broma. Sí, le gastaban una broma. Se tambaleó cayendo sobre el sofá. El mueble estaba tras ella, o su anatomía hubiera quedado sobre la alfombra. No le asombraría escuchar cualquier cosa, como le dictaba su subconsciente. Le habían tomado el pelo, una broma pesada, de mal gusto, pero broma al fin.

—Detrás del sofá —Jorge avanzó hacia el centro de la sala. Su dedo índice señaló el mueble que ocupaba su esposa.

Judit se arrodilló arriba del sofá, y revisó detrás de él. Profirió un alarido que enmudeció al cubrirse la boca con ambas manos. Ricardo estaba de bruces, con un enorme cuchillo en la espalda. Se volvió como rayo para desafiar a Jorge. Éste había ido hacia el bar, y se servía una copa. Luego examinó a Carlota, quien, sentada junto a la puerta en una silla, fumaba nerviosa.

—¿Qué sucede, Carlota? —imploró— ¿Tú y él…?

—¿A quién te refieres, querida? —la voz de la escritora sonó burlona— Si es a Ricardo, admitiré que le puse en tu camino.

—¿Así que él…? —los labios de Judit temblaron.

—Me lo contaba todo.

Judit se desconectó de su esposo. Lo que estaba viviendo era un sueño… de cualquier forma era una estúpida. El velo cayó de sus ojos cegándola con su intensa claridad. Era la aclaración de todo. Tristemente no contaba con la soledad necesaria para analizar los pormenores que había dejado pasar por alto, los que ligaban a Ricardo con Carlota.

—¿Tú eres su amante? —creyó no lograr pronunciar la palabra.

—¿No lo adivinaste? —Jorge se reclinó en la barra del bar, posando los labios en la copa de coñac— ¿De dónde crees que venía tarde? ¿No sabes que no hay aviones a esa hora? —su sonrisa golpeó a Judit como si fuera un látigo.

—Yo… —seguía recalcando que era una tonta— ¿Desde cuándo?

—Antes de Cabogrande —dijo él— Nos conocimos en

San Pedro, y por casualidad esta isla estaba en renta. Luego ella se hizo tu amiga, así que no la conocí por tu conducto, sino al revés.

Con ambas manos Judit se taponó las orejas. Resultaba igual oír que no, pero desalojaría la tensión. No seguiría con aquel tema, habiendo asimilado todo: por qué Carlota nunca quiso conocer a Jorge, por qué aparecía justo cuando él se iba, por qué… Había algo más importante que debatir: quién yacía detrás del sofá. Pero a los tres el tema de la infidelidad les interesaba más que un occiso.

—¿Por qué le mataste? —le preguntó a su esposo.

—Él iba a hacerlo conmigo —sonrió y mostró la pistola. La había extraído del mostrador del bar, donde ella la puso— Además, yo no le maté.

Él indicó algo sobre la barra. Judit estiró el cuello para distinguirlo. Eran unos guantes de goma. No comprendió, aunque predijo que significaba más que no mancharse las manos.

—En el cuchillo están tus huellas —precisó Carlota, encendiendo otro cigarrillo. A pesar de su esfuerzo por simular calma, vibraba casi tanto como Judit— ¿Fue fácil?

—Sí —declaró Jorge con presunción—, él no esperaba toparse con alguien oculto en la oscuridad. Entró y, con suma calma, se paseó por la sala, luego se distrajo en el ventanal y… —una carcajada pregonó que el golpe fue sencillo— ¿No era así como pensaban matarme?

Judit no le rebatió. No, no era así: Ricardo tomaría la pistola y acecharía su llegada a la isla. Se entretuvo en el ventanal con la serenidad de que Jorge tardaría. Y Jorge estaba prevenido.

—¿Y ahora? —era la pregunta crucial, la que Judit no se atrevía a hacer.

—Falta la segunda parte —dijo Jorge— Carlota sabe mucho de asesinatos, y te dará el resumen de experta. Los desenlaces son su fuerte.

Judit encaró a su examiga. Se hubiera impulsado a su cuello con intenciones fatales, pero se percataba de que no movería las piernas. En sus ojos, además de lágrimas que pugnaban por brotar, había una súplica.

Carlota respiró hondo, clavó sus enigmáticos ojos en Judit, y comenzó lentamente, de una manera perversa y mortificante:

—El plan no es complicado, como verás: un ladrón penetra en la casa, tú no estás así que se siente cómodo. Ya estuvo días atrás, ¿recuerdas? —no esperaba respuesta de Judit, pero ésta asintió— Pero olvida cerrar la puerta y tú lo notas al llegar. Sabes que no la dejaste abierta, e intuyendo que hay alguien, rodeas la casa y entras por la cocina. Tomas el cuchillo, en cuyo mango están tus huellas por el uso diario, y se lo incrustas en la espalda.

—Y, por supuesto, él se muere —añadió Jorge elevando la copa— Querida, eres una asesina.

Un repentino mareo obligó a Judit a acostarse. El plan estaba bien urdido, superando al de Ricardo y ella. Al fin y al cabo Carlota había dirigido a todos, conociendo los pasos que cada uno se proponía dar. El odio por la escritora hizo que se sobrepusiera al mareo. Urgía objetarles, echarles el plan por tierra, pero… ¿cómo? Apenas había digerido el suyo, sin confiar en el, por lo que… Repentinamente, como si el cielo le concediera su petición todavía no nata, tuvo a Ceballos ante sí. Él había hablado de ella sin saberlo, cuando se refirió a las "señoras" de Antonio.

—No se saldrán con la suya —escupió— Yo declararé que él era mi amante, y sin duda nos recordarán en el motel de Balboa. Lo del cuchillo no servirá, ya que cualquiera pudo usar guantes.

—No eres tan tonta, cariño —Jorge sonrió con hiriente adulación—, pero omites algo primordial.

—¿Qué es? —Judit juraría que algo se le tenía que olvidar.

—Que los muertos no declaran, ni acusan ante la policía.

De haberlo emitido, el grito de Judit habría roto el tímpano más resistente, pero estaba inhabilitada para abrir los labios. La trampa era mucho más letal de lo soñado, al aumentar el número de cadáveres. No concluía con inculparla de la muerte de Ricardo: Jorge requería su desaparición, y el pelirrojo era parte de la trama, el chivo expiatorio, la coartada perfecta.

Carlota estaba lívida, desbordada por la gravedad de su papel en la intriga. Era parte fundamental de él, pero ahora, al lado de Jorge, perdía el protagonismo. Él le ganaba en flema, en sangre fría y en el deseo de librarse de Judit.

Judit iba a preguntar algo, pero Jorge se adelantó.

—El muchacho hizo su trabajo, si bien no era el que creía. Tenía mente criminal, además de un sino claro: morir a su estilo. Lo que no imaginé es que tú aceptases involucrarte en un homicidio.

—¡Vosotros me llevaron a él! —Judit sacó fuerzas de su desesperación, por faltarle en el cuerpo— Ella... y tú... y él —apuntó hacia atrás sin osar mirar— ¿Cómo pudiste hacerme esto, Carlota?

La escritora se evadió en el techo. No era tan dura como aparentaba, pues temblaba visiblemente. Entonces Judit confrontó a Jorge.

—¿Y esperas que la policía crea que Ricardo me mató, y yo a él?

—¿Por qué no? —Jorge se estaba colocando los guantes de plástico— Ocurre a veces. Las huellas de él están en este revólver, como las tuyas en el cuchillo de cocina. No hay nadie cerca, de manera que será difícil encontrar a quién culpar. Y los policías de esta zona no son precisamente el FBI —dijo él con sorna.

—Pero él no ha disparado —arguyó la azorada mujer.

—No, eso lo haré yo, aunque luego él tendrá que disparar al menos una vez para llenarse la mano de residuos de pólvora. No escribo novelas, pero las leo.

—¿Y tú? Ellos investigarán y sabrán que has venido a la isla.

Optimista de un milagro, Judit quería ganar tiempo. Alguien podría aparecer, aunque nunca antes lo hubiera hecho; o quizá él entendería que la ley le cazaría, a pesar de que lo tenía bien planeado.

—En una lancha motora muy veloz. Pero para todo el mundo estoy en un lento yate, anclado frente a Isleta. Hay gente que confirmará eso.

—Te chantajearán —pensaba en Ricardo y lo que él pudo haber hecho después del crimen— Tal vez Carlota no, pero... ¿los otros cómplices? Es demasiada gente para guardar bien un secreto.

—No lo creo, aunque... sería bueno que no te afecte tanto mi futuro, al fin que no vas a presenciarlo. Déjame resolverlo a mi manera. Te agradezco el interés... mas ya es un poco tarde.

Jorge estaba a dos metros de ella, revólver en mano, con brazo trémulo y la muerte en los ojos. No obstante que no apuntaba con firmeza, era evidente que dispararía a corta distancia, sin posibilidad de fallar.

Judit trató de huir saltando por un brazo del sofá. No razonó que las balas eran más rápidas que las piernas, pero carecería de otra oportunidad. La desesperación otorgó alas a sus pies, aunque no contaba con ir muy lejos.

Sonó el percutor del revólver, siendo el único ruido que produjo el arma. Carlota se incorporó de un brinco. Judit se detuvo, girando sobre los talones. Lo lógico era seguir corriendo, si bien la curiosidad pudo más que el instinto.

—¿Qué le pasa a esto? —rugió Jorge. Volvió a oprimir el gatillo, pero nuevamente sólo escuchó el ruido del percutor contra el casquillo— ¿Qué revólver es éste?

Analizó el arma, y la faz de Judit se iluminó de éxtasis. El milagro se había realizado. No meditó que podía matarla de cualquier otra manera, incluso con una silla. El momento era glorioso, porque su plan se desmoronaba.

—Un Smith & Wesson, calibre .38 —dijo Carlota—, igual a éste.

Judit se volvió hacia la escritora, lanzando un alarido de pánico. En su mano había un revólver idéntico al de Jorge. En la cacha tenía enrollado un pañuelo, sujeto con cinta adhesiva. Sería una bendición que aquél también fallara. Dos milagros en una noche era mucho pedirle al cielo.

—No sabía que traerías otro —dijo Jorge perplejo— Piensas en todo.

—Estás en lo cierto, pues pensar es mi oficio y mi afición. ¡Siéntate, Judit!

El tono de voz de Carlota garantizaba que le dispararía. Además se notaba muy alterada e inestable, tanto que, desligándose del bolso, tomó el arma con ambas manos. Judit estimó pertinente obedecer para seguir con vida, aunque sin prever hasta cuándo.

—¡Dispara de una vez! —exclamó Jorge arrojando su arma a un rincón.

—¡Y tú hacia atrás! —le gritó Carlota, encañonándole.

—¿Yo…? ¿Por qué yo? —se quedó rígido.

—Porque yo lo digo. Tú hacia atrás, hasta el bar; y tú al sofá. Ahora me toca hablar a mí.

Carlota avanzó unos pasos, los justos para situarse en el medio de la sala, dominando a la pareja. Hizo un movimiento con el revólver amagando a Jorge, a la vez que le ordenaba con frialdad:

—Sentado en el suelo, con la espalda en el mostrador.

—¿Te has vuelto loca? No, no es eso —detuvo su retroceso, y la señaló con el índice derecho— Has cambiado de bando, y eso explica lo del revólver vacío.

La declaración sonó a los oídos de Judit como campanillas de Navidad. De nuevo no entendía nada, a no ser que no había recibido una bala, y que por el cariz que tomaba el asunto quizá no la recibiría ya.

—No te equivocas, pero si no obedeces, no participarás en la exposición.

—No te atreverás —puso los brazos en jarras, desafiante— Ni tú ni ella son capaces de disparar.

—No estés tan seguro.

El percutor hizo contacto, para que una bala calibre .38 surcase el aire en una fracción de segundo. Jorge fue proyectado hacia atrás chocando con el mostrador del bar. Sin poder evitarlo, se deslizó hacia el piso en la postura que ella le ordenaba, con un agujero en el estómago.

—¿Por… qué? —gruñó al aplicar las dos manos en el hoyo ensangrentado.

—¿Por qué? en principio porque sé que no soy capaz de sufrir la tensión largo rato, y acabaría por soltar el revólver. Debía disparar en algún momento, así que cuanto antes mejor.

Jorge había desorbitado los ojos. No lo originaba el dolor en el estómago, sino que se hallaba en la misma situación que su esposa poco antes: sin comprender nada, pero con la certeza de que el desenlace le sería perjudicial. Si la herida era grave o no, no importaba, porque probablemente vendrían otras después. Carlota se había decidido al primer paso, así que los demás le costarían menos.

—¿Por qué… matarme? —balbuceó él— Tenemos un plan.

—Hago constantes cambios en los argumentos de mis novelas, cuando no me complacen.

—¿Y éste no te complace? ¿Qué ha sucedido? —musitó él.

—Esencialmente se trata de eso, de lo que ha sucedido. Te lo voy a explicar. Tendrás oportunidad de escucharlo, ya que no morirás enseguida. Según he leído por ahí, aunque una bala de calibre .38 es mortal en el estómago, te otorga tiempo. No sé cuanto, pero eso lo descubriremos juntos.

—¿Qué he hecho? —inquirió él.

Carlota fue hacia el sofá. Judit estaba en un extremo acurrucada, rezando para obtener un hueco donde meterse. La escritora se sentó en el centro con el revólver a su lado.

—Éste es el verdadero plan —dijo.

—¿No ibas a matarme a mí? —preguntó Judit llorando de nervios.

La tensión disminuía, o al menos el terror a la muerte, y podía desahogarse a placer. En vez de llorar cuando vio cerca la muerte, lo hacía al volver a la vida. Extrañamente así reacciona la naturaleza humana, con emociones exentas de lógica.

—No, querida mía, a ti te necesito más que a él —respondió Carlota.

—No entiendo —repuso Judit.

Jorge observaba a las mujeres. Le brotaba sangre en abundancia y no lograba enderezarse. Estaba vivo, pero con la certidumbre de que no sería por mucho tiempo. Comenzó a jadear.

—¿Tú y ella? —preguntó lleno de estupor, meneando la cabeza hacia su Judit— ¿Me has usado para quedarte con mi esposa? ¿Lo planeaste así desde un principio?

—Tú me ibas a usar para matarla, y largarte con otra, u otras —le espetó Carlota— No desde el principio, pero debo reconocer que poco a poco me fui acercando a ella lo mismo que me distanciaba de ti.

—Me engatusaste como a un bobo —se lamentó Jorge— Alguien me previno, me relató que mataste a tu esposo. ¿El muchacho fue tu cómplice?

—Pero no le escuchaste —replicó Carlota— ¿Para qué prestar oídos, si una vez viudo te desharías de mí? ¿Acaso crees que no lo intuí?

—¿Iba a quedarme con una lesbiana? —rugió él, ya seguro de que su situación no podía empeorar. Al menos, se confesaría.

—Lesbiana, pero bien que te has acostado conmigo.

Judit lanzó un grito de asombro. Bastante ridículo y fuera de lugar, puesto que si ella misma dedujo que eran amantes, acostarse era lo esperado.

Jorge, al carecer de la atención de la rubia, puesto que ella entraba en una abstracción producida por el descenso de la adrenalina en su absurdo intento de lastimarla, insistió con Judit:

—Ella me habló de la isla frente a su ventana —reiteró— Hizo los arreglos del alquiler, y ella misma tramó el plan para matarte.

—Hubo un cambio —dijo la escritora.

—¿Por qué? —preguntó Judit.

—Porque… —Carlota le acarició el cabello— te conocí y… yo no mando sobre mis gustos.

Tiernamente acarició la cabellera de Judit. Jorge les regaló un mueca de asco, que ninguna de las dos advirtió.

—¿Él te mataría después? —Judit buscaba elementos para confiar.

—Has omitido una pregunta, querida. ¿Quién le espera en el yate?

—Un amigo —balbuceó Jorge.

Carlota lanzó una carcajada que estremeció a su amiga. Empezaba a dominarse y, por ello, a apoderarse del protagonismo de la situación. Regresaba la mujer de hierro, la que refrenaba sus sentimientos.

—El mismo amigo de la fotografía: Irene Durán.

—Tú sabes que fue una mujer a quién pagué por posar a mi lado —dijo él.

Carlota se puso de pie de un brinco. Si algo le molestaba, hasta producir chispas en sus ojos, era que alguien menospreciase su inteligencia. No había peor insulto, y Jorge acababa de proferirlo.

—Te resultaría igual la sinceridad, si no vas a vivir mucho más —manifestó con rabia la escritora— Eso es lo que tú pensaste que yo me tragaría. Pero conozco a esa mujer desde hace tiempo, de cuando te veías con ella y conmigo.

—Conmigo no —lloriqueó Judit.

—Nos engañaba con ella —Carlota recobraba su flema al ver que Jorge no podía moverse— Pero eso no me irritaba, aunque sí que él quisiera deshacerse de mí después que de ti.

—¡No lo habría hecho! —protestó él.

—Eso no se lo cree nadie, Jorge. Estorbaba yo por exceso de cómplices, como dijo Judit; y más si ambas son mujeres. ¿Qué habrías hecho? ¿Ahogarme en una playa solitaria?

—¡No! —protestó de nuevo.

Judit enjugó las lágrimas. Todavía entendía poco, pero sí lo básico: Carlota no pensaba matarla. Lo indagó en tono de súplica con un hilo de voz:

—¿Tú ideaste todo esto?

—Y algo más —repuso Carlota— Recelé que él me usaba y cuando me propuso liquidarte, vislumbré que luego sería mi turno. Yo recluté a Ricardo, lo preparé y lo aposté en tu camino. A la vez yo informaba a Jorge de todo. Le hablé del plan inicial: él esperaría a Ricardo, matándolo con el cuchillo de cocina. Luego, con esa pistola, te liquidaría a ti.

—Pero… ¿por qué no funcionó? —preguntó Judit.

—Porque si lo hubiera hecho, ahora estarías muerta. La pistola con las huellas de Ricardo es ésta, y no la otra. Aquella está limpia de huellas, rellenos los cartuchos con tierra en vez de pólvora. Me dio mucho trabajo, pero resultó mi idea añeja. ¿No sabías, Jorge, que la tierra no explota?

—No te saldrás con la tuya —Jorge jadeaba, y lentamente perdía su color bronceado tornándose lívido. A su alrededor se esparcía un gran charco de sangre.

—Apuesto que sí —garantizó Carlota— El nuevo plan es mejor que el anterior.

—Quiero oírlo —pidió Judit, quien ya no lloraba— Lo que sea, con tal de que no lo vayas a cambiar de nuevo.

Carlota volvió a acariciar la cabellera de Judit. Con un dedo retiró la última lágrima que todavía permanecía bajo un ojo de su amante.

—Ya no, cariño. Éste es el definitivo, aunque también el original —su voz recobró el tono de narradora, que le era característico— Ricardo vino a robar, como lo hizo la vez anterior. La casa estará llena de huellas que coincidirán con las anteriores. En Balboa no sabrán qué hacer con ellas, pero en San Pedro sí.

—La policía no la revisó —recordó Judit.

—No importa, ya que Ricardo es un delincuente habitual, fichado. Ahora tomarán las huellas, pues hay muertos. Él traía un revólver —señaló el que estaba a su lado—, que compró en Valbuena. Apareció Jorge, y le metió un balazo en el estómago.

Jorge estaba embobado en la escritora. Sentía que ya no le quedaba aliento, por lo que se abatió en el charco de sangre. Judit cerró los ojos: escucharía sin mirar a su esposo, o mejor dicho su finado cónyuge. Carlota continuó con otro cigarrillo entre los dedos.

—Luego llegamos tú y yo, oímos el disparo y entramos

por detrás. Tú —apuntó a Judit— cogiste el cuchillo, y lo clavaste en la espalda del intruso. Llamamos a la policía, pero desafortunadamente Jorge ya estaba muerto.

El susodicho daba síntomas de no participar en la conversación. No duraría mucho más. Carlota se puso en pie, cogió el arma homicida, y la limpió con excepción de la culata, que seguía envuelta en el pañuelo. Luego la tomó del cañón con otro pañuelo, y le desprendió el primero. Se agachó tras el sofá, y puso el arma junto a la mano derecha de Ricardo.

—¿Eso es todo? —preguntó Judit.

—Luego seguimos. De momento llora un poco y llama a Ceballos. Yo me encargo de quitarle los guantes a Jorge. Y si dejo huellas en la sangre, es porque intenté darle respiración boca a boca. ¿No te importa que le bese? —sonrió con cinismo.

—Bésale también de mi parte.

Descolgó el teléfono, pero se quedó pensativa. La escritora estaba llenando los labios de un carmín que normalmente no usaba. Pensaba en todo.

—¿Qué digo? —preguntó Judit.

—Que hay dos muertos y uno es tu esposo. Grita como loca, y que no te entiendan a la primera.

La cabeza de Jorge resbaló del mostrador. Poco a poco cayó al suelo encima del charco de sangre. Carlota fue hacia él, y examinó su rostro: no resistiría mucho más. Se volvió hacia Judit, que pugnaba por marcar el número de teléfono. Fue hacia ella supliéndola en la tarea.

—Yo lo haré.

Fue concisa y colgó con rapidez. Repasó la escena completa para eliminar posibles detalles sueltos. En unos segundos suministró tres soplidos a una boca desencajada como la de un pez fuera del agua. Jorge ya no se enteró. Luego recogió el revólver caído, el que no funcionaba. Le extrajo las balas asistiéndose de un pañuelo.

—Hay que esconderlas bien —dijo.

—¿Y el revólver?

—Tiene las huellas de Jorge y las tuyas. Es lo normal. Lo insólito es tener un arma descargada como protección. Pero es comprensible con gente como vosotros. Volverá a donde estaba —la metió en el cajón del bar— Éste jamás se utilizó. Ricardo mató a Antonio con el otro.

Judit abrió la boca desmesuradamente, tanto que sintió dolor en las comisuras de los labios. Aquella declaración era digna clausura de una noche de locura.

—¿Él le mató? —insistió con la ilusión de haber escuchado mal.

—Alguien tuvo que hacerlo, y no fui yo. ¿O sí? —una sonrisa amplia esperó a que Judit juzgase.

—Yo tampoco —aseguró tontamente— ¿Fue Ricardo?

—Si investigan a fondo la muerte de Antonio, descubrirán que te acostaste con él y... —con parsimonia cerró el cajón. Se agachó junto a Jorge para despojarle de los guantes— pero si encuentran culpable a Ricardo, cerrarán el caso.

—¿También me enjaretaste a Antonio?

—¡Por supuesto! No me fiaba de que decidieras por tu cuenta.

—¿Por qué? ¿Y por qué el numerito? ¿También fue idea tuya?

Judit corrió a su lado, esquivando a quien estaba tendido. Carlota, con los guantes en la mano, recorrió con la vista la sala. Parecía que no olvidaba nada. Envolvió los guantes en el pañuelo procurando que no gotease sangre. Antes de hacerlo en envoltorio, metió las balas inservibles y cubrió todo con el segundo pañuelo.

—Eso ya no importa. Le usé, como a Ricardo, surtiéndote de dos para escoger. Antonio tuvo mala suerte. Bueno... tampoco Ricardo se ve feliz.

—¿Y el numerito de pretender ser una mujer? ¿Por qué?

—Cariño —Carlota se alejó sin enfrentarla—, de alguna forma debía explorar tu sexualidad. Si yo no lo hacía, tú no te atreverías.

—¿Y qué te dijo él? —le intrigaba conocer algo que, dadas las circunstancias, carecía de relevancia, o, al menos, de oportunidad.

—Te aprobó. Bueno, casi un notable.

Satisfecha la tonta curiosidad, más bien el ego, la realidad la requería. Todavía no aceptaba que Ricardo hubiese matado a Antonio, y dudaba que, de ser cierto, le motivasen los celos hacia ella.

—¿Y por qué le mató?

—Porque Antonio se estaba convirtiendo en un incordio —su mente trabajó de prisa— Conocía a Ricardo, e imaginaba que no estaba en Balboa de vacaciones. Metió la nariz donde no debía.

—¿Lo mató con…? — Judit miró con repugnancia el arma. Reconocía que su libertad fue a un precio insospechado. De haberlo supuesto…

—Con ese revólver. En él están sus huellas, y es el dueño del arma. La compró en Valbuena. La policía lo averiguará. Y para acabar necesito que me ayudes.

—¿Cuándo lo hizo?

Judit no creía que Ricardo fuera el culpable. Él pasó la noche del homicidio en la isla, si bien pudo matarlo antes de nadar hacia ella. Lo encontraron en una playa entre Balboa y Cabogrande. Lo aceptaría, aunque con gran reserva. No se preocupó, con su hormona sexual desatada, en averiguar en dónde estaba Carlota en aquellos momentos. Ni siquiera dedicó un instante a comprobar si la luz de su casa estaba prendida. Recordó que: "mucho sexo es malo para el seso", y ella era la prueba de que el adagio no se equivocaba.

—Eso no es relevante, querida. Lo peor para Jorge es que no probó si el arma funcionaba —dijo la escritora— Esa parte me preocupaba. Imagino que no quiso dispararla, porque se oiría desde el puerto.

—Tampoco Ricardo: los dos confiaron en ti.

Carlota sonrió y guiñó un ojo. Podía haber dicho "los tres confiamos en ti", quizá los cuatro, porque Antonio murió por confiado.

—Ricardo si, o ¿ya has olvidado que ha matado a tu marido?

—Pero la pistola la traías tú.

—Y esa parte la vamos a remediar, como explicó Jorge. Agárralo de un brazo.

—¿A quién? —Judit saltó hacia atrás.

—A Ricardo. Va disparar el segundo tiro, el que hizo cuando le apuñalaste. La pólvora de un disparo servirá para dos. Vamos, vamos.

Carlota se agachó y cogió el revólver, sacó otros guantes de su bolsillo, se puso uno, acercó el arma a la mano derecha del cadáver, dirigió el cañón hacia la puerta y disparó.

—Me figuraba que Ricardo tampoco dispararía, dándose cuenta del engaño. Nadie quiere hacer ruido antes de tiempo. ¿Dónde tiro esto? —le mostró el envuelto de los pañuelos. Estaban rojos, pero no escurrían.

—Al mar. No creo que vayan a buscar en la bahía.

—Aunque tarde, aprendes. Entonces vamos al muelle. Lavarme bien las manos con agua de mar eliminará al menos el olor a pólvora. Esperaremos allí a la policía. A Ceballos le va a gustar la historia —puso cinta adhesiva alrededor del paquetito— Espero que tengas un par de botellas de coñac.

Judit asintió con la cabeza. Su mente estaba ocupada en terminar de asimilar los acontecimientos de la noche. Ya estaba a punto, pero aún había algunos cabos sueltos. Lo exteriorizó:

—Yo... todavía no entiendo todo. ¿Y ella? Si le está esperando...

—¿Irene...? Cuando sepa que ha muerto Jorge, dirá que él vino a la isla en la lancha. Ésta permanece aún en la playa trasera.

—¿Y a qué vino, según ella? ¿O ella estaba enterada...?

Carlota se quedó un instante pensativa. Esa parte no la tenía clara, puesto que Jorge había ocultado lo concerniente a su acompañante, pero podía deducirlo, sin temor a equivocarse.

—A darte una sorpresa. Si acaso le confió que a matar a tu amante, por la cuenta que le tiene, se volverá muda. Y no creo que la policía sepa de su existencia, por lo que sería muy tonta si se presentase voluntaria. En estos casos mantenerse alejada es lo más sensato.

—¿Y se tragarán todo esto? —se refería a la policía.

—Eso espero. Si me hacen la prueba de la parafina, estaría pedida. Pero ante caso tan obvio, y con las pólvora en las manos de Ricardo... yo, querida, no tengo un móvil para matar a nadie.

—¿Ni siquiera a mí? ¿En un principio sí ibas a matarme?

Se detuvieron en el muelle. Se acercaba una lancha. Carlota arrojó el envoltorio y certificó que se hundía. Luego encaró a su amiga.

—¿Vas a denunciarme? —inquirió.

—No, yo... —no podía asegurar lo que diría, pero sí que dejaría a Carlota fuera de todo.

—Eso quería escuchar. Para que sepas que no había tramado tu muerte, leerás en mi casa todo lo que te he dicho.

—¿Es cierto eso? —sintió un repentino alivio. No servía ya de mucho, pero le alegraba no haber estado en real peligro.

—Y... —la eterna mueca enigmática se dibujó en los labios de la flaca— además está el testimonio de Ricardo. No es presión, pero por si acaso se te olvida lo que debes decir a los sabuesos.

—¿Qué testimonio? —se impresionó. Carlota era la caja de Pandora.

—Escribió lo que pensaban hacer. No confiaba mucho en ti y quiso tener un seguro. Si le traicionabas matándole, quedaría lo escrito. Él se fió en que yo lo entregaría a la policía, de forma anónima. Era simple como un niño —pareció apenada, pero fue fugaz su cambio de talante— En ese papel te acusa. Y en el mío describo el plan auténtico.

—A mí no se me hubiera ocurrido —le pareció diabólico.

—En el caso "improbable" de que me delates, ellos inspeccionarán mi casa, y hallarán los papeles. Caeremos juntas, querida.

—¡Oh, yo no…! —un súbito carmín pintó sus mejillas.

—Ya lo sabía. Heredarás unos buenos millones, y patrocinarás mi carrera. Juntas haremos temblar al mundo.

—¿Yo? —Judit juraría lo contrario: que ella temblaría durante mucho tiempo, y el mundo no se inmutaría.

—Tú pones el dinero y yo la imaginación. Y… —pasó un brazo por la cintura de su amiga— tengo mucha imaginación —simuló morderle el cuello— Te lo demostraré.

—Yo pondré el dinero. Cada quién lo que tiene —aceptó Judit.

Las luces de la lancha les deslumbraron. Algunos botes de pesca regresaban al puerto. En Cabogrande se habían encendido las luces de todas las casas, orientando el derrotero que debían seguir los botes.

—¿Por qué me enviaste a Antonio? —repitió Judit, agarrando a Carlota de un brazo.

—¿Por qué me asediaste en la ducha?

—¿Me habrías matado si no hubiese… sucedido lo de aquella noche?

—No, pero me reafirmó que estarías de mi lado —la molesta sospecha se expandió en su mente— ¿Lo planeaste así?

—¿Y cómo lo haría, si no conocía tu propósito, ni que Jorge era tu cómplice, ni Ricardo tu espía? Siempre creí que a él y a Antonio los encontré por casualidad.

Carlota sondeó los ojos de su amiga. Era lógico lo que argumentaba, pero con Judit toda lógica fracasaba. Era demasiado ingenua para ser real, y demasiado transparente como para no despertar sospechas. El ruido de un motor la obligó a concentrarse en el agua.

—Llora un poco —le recomendó a su amiga.

—Según vea a la policía, será difícil contenerme. Tendrás que consolarme.

—¿Y que nos tomen por una pareja de lesbianas?

Ambas mujeres soltaron las últimas carcajadas permitidas antes de que atracase la lancha. Luego, cuando se fueran los sabuesos, habría muchas más.

Epílogo

JUDIT SE PASEABA COMO FIERA ENJAULADA POR LA SALA dentro de su traje de baño rojo, que nuevamente le quedaba pequeño. Había engordado unos kilos desde que se mudó a Cabogrande. Las cenas opíparas y el descanso perenne le premiaron con una cintura redondeada.

Carlota escribía ante el ventanal sobre el acantilado. Ella continuaba delgada, tanto o más que antes, a pesar de Judit y sus guisos. Estribaría en que pasaba muchas horas en vela ante el mar, desperdigando letras en las cuartillas blancas.

Judit hizo una mueca a espaldas de su amiga. Carlota nunca sabría que ella vislumbró su intención, o que tuvo muchas horas para analizar los pequeños detalles. Había omitido uno asaz, fundamental, el que Jorge corroboró: la muerte de su esposo. Ricardo disertó bastante respecto a esto la primera vez, y luego se empeñó en silenciarlo. Y aunado a que la adicta a los botes odiaba los autos, porque alguien allegado murió en un accidente, daba pauta para una sospecha. Carlota no especificó quién era, pero bien pudo tratarse de su esposo. Desde Balboa a Cabogrande, la carretera estaba plagada de barrancos, y ella comentó:

—Si se me va el auto por un acantilado, no volaré como pájaro. En cambio si naufraga el bote, además de que sé nadar, tengo salvavidas a mano.

Eso hizo que Judit la relacionase con lo de Arrecife. Por

mucho que intentó obtener que Ricardo complementase la historia, éste no soltó prenda. Pero a veces el silencio es más elocuente que una explicación. Era muy casual que ambos compartiesen experiencia similar, que estuvieran en un trozo de costa tan pequeño, y, a la vez, en la vida de ella.

Judit siempre supuso que Ricardo no nadaba desde la costa, sino que alguien le aproximaba a la isla. Por muy buen nadador que fuese, llegaría exhausto y sin otro deseo que descansar. Además en alguna ocasión las luces de la casa de Carlota se prendieron al poco de que Ricardo arribó a la isla. Judit no reparó en ello al principio, pero luego le pareció mucha coincidencia. Ella era la sombra de Ricardo, la promotora y diseñadora del crimen, y le parecía curioso que el día que esperaba visita del joven, Carlota, indefectiblemente, le invitaba a quedarse con ella, y al negarse no insistía, porque sabía con quien se reuniría.

Estos elementos expresaban la relación de Carlota con Ricardo, pero no revelaban la razón que la escritora tenía para querer eliminar a Jorge. La de Ricardo era obvia, y se llamaba dinero. Lo único que podía imaginar es que Carlota, harta de oírla quejarse, quisiera ayudarla sin que se enterase, y puso a su disposición a alguien ducho en suprimir escollos.

Y luego el bello Antonio. Cuando Ceballos comentó su asesinato, Carlota preguntó si el asesino era hombre o mujer, y versaron sobre la homosexualidad del occiso, pero no se interesó en conocer con qué le mataron, lo que se antojaba extraño en alguien que ingenia asesinatos. Y tampoco pareció conmovida, como si ya conociera la noticia.

Después de tener mucho meditar, Judit llegó a la conclusión de que Antonio era otro enviado de Carlota. Y entonces penetró en el juego de la escritora. Él la había puesto a un paso del lesbianismo. ¿No sería que...? Se determinó a seducirla, o a averiguar si se equivocaba o no. Juraría que la escritora la miraba de una manera no propia de una amiga. Eso significaba ventaja a su favor. Y buscaría el momento en que estuviera desprevenida, simulando algo casual, motivado por un alcohol que no bebió en exceso.

Había intuido que el objetivo era deshacerse de Jorge y de Ricardo, al mismo tiempo. Carlota la había confundido sobre el primero, porque su papel de amante no le pasó por la mente. Matar a Jorge era un negocio para el joven, del que quizá Carlota participase, y así lo entendió Judit. En el caso de la desaparición de Ricardo, la decisión era por necesidad. Éste, al igual que Antonio, sobraba: sabía demasiado e indudablemente la chantajeaba. La muerte de Antonio aseveraba que la flaca obviaba estorbos. Si Ricardo mató a su esposo y ejecutaría a Jorge, era imprescindible cerrarle la boca.

Descubrir que la escritora se entendía con su esposo la desarmó, pero… ¿por qué Carlota prefirió su lado y no el de Jorge? Era muy poco consistente el argumento de que él la engañaba, pues se había habituado a ser la segunda mientras él estuviera casado con ella. Y eso sin contar con sus aventuras.

—Me has prometido muchas veces dejarme leer el esbozo del asesinato —le dijo a su amiga—, pero aún no he visto una línea.

—Está en borrador —repuso Carlota sin hacerle caso.

Judit sabía que en cuanto estuviese en limpio, habría suprimido la parte de Antonio, así como el móvil real de despachar a Jorge.

En un principio no infería el interés de Carlota por que ella se quedase viuda, a no ser su mente maquiavélica, o ayudar a Ricardo. Así que le proporcionó una razón poderosa al ofrecerse de amante. Requería un empujón para decantarse por su bando, y el coñac de aquella noche les favoreció mutuamente. Y, tras la relación, una conjetura estimuló su raciocinio. ¿Acaso ése era el propósito: anular primero al marido, y luego emplearse en la "desconsolada viuda"? Lo mismo que Ricardo, al fin y al cabo. No dudaba que, en ambos casos, existió una concordancia sexual, mas no obstante, el dinero era primordial. Carlota no era famosa, y su subsistencia dependía de que Jorge aportase una limosna, mientras que al hacerse con una tonta rica, administraría su cuenta bancaria. Heredaba sin ser pariente. Ella estaba al tanto de lo que "les" correspondería de los bienes de Jorge. Así que, tal como Ricardo, Carlota comprendía que cooperar con Judit significaba la recompensa de una asignación vitalicia.

"Pero no lo vi claro cuando atracamos en la isla" recordó Judit "Jorge estaba vivo, y Ricardo muerto, cuando debía ser al revés. A Ricardo le liquidaría después, una vez realizada su labor. Haberme equivocado me puso los pelos de punta".

Se alegraba de haber acertado con Carlota. Lo decidió al escuchar a Ceballos, cuando se le prendió la luz con Antonio, y dedujo que la novelista contrató al "exótico" para probar si la mojigata era apta para ajustarse a ciertas innovaciones. Le echó la culpa al alcohol, pero se lanzó al ruedo como única manera de inducir a Carlota a aliarse con ella.

"Supe que había caído en la trampa, y que Jorge olía a difunto. Pero luego me rompió el esquema. Siempre tiene que predominar su estilo retorcido" le sacó la lengua a la absorta escritora "Bueno… lo hizo, si bien con algo de ayuda. Tal que a Ricardo el sexo le sorbió el seso, y a ninguno les cruzó por la cabeza que quizá yo jugaba con dos barajas, y me divertía que conspirasen a mis espaldas".

Lo de dos barajas se aplicaba tanto a la trama para acabar con Jorge, como a su condición bisexual. Ella lo había sospechado desde hacía meses, aunque se negaba a admitirlo. La fascinación que Carlota ejercía sobre ella no era solamente espiritual, de maestra a alumna, sino que su compañía le turbaba, y el menor contacto inocente la soliviantaba. Tardó en ceder a su impulso, pero reconocía que ella lo buscaba a ciegas, dando rodeos, pero sabiendo cuál era la meta. La escritora, con su sagacidad privilegiada, escarbó bajo su coraza, y descubrió sus ansias reprimidas. Mandó a un travesti de avanzada, con su excentricidad atrayente, con su rito de imitar dos mujeres, y analizó el resultado. Ella no lo comentó, si bien lo disfrutó. Y luego la potencia bruta de un jovencito insaciable, y al final conseguía alcanzar la plenitud de su sexualidad: tener a Carlota, su obsesión. Cuando ya había exudado la faceta animal, y requería ascender al clímax integral, a la experiencia sublime, su maestra estuvo cerca para que ella no torciese el renglón. Tendría a cuanto joven se cruzase en su camino, pero sin olvidar que jamás obtendría de ellos lo que su profesora ofrecía. Dos barajas, dos sexualidades, dos maneras de vivir y gozar una única vida, un solo cuerpo. ¿Qué más podía pedir?

—¿Cuándo iremos de vacaciones? —preguntó, deteniendo el paseo y el sumario— ¿Cuando se acabe el verano? Ya estoy hastiada de este lugar.

—Apenas termine la novela —respondió Carlota sin voltear— Ya me falta poco.

—Eso dijiste la semana pasada. Ya no tenemos problemas —se acercó a la mesita de centro y cogió el periódico, el de encima de otros muchos— Le han imputado todo a Ricardo, y no nos volverán a molestar. Podemos ir a donde queramos.

—¿Cuál es la prisa? ¿Ya te acucia dilapidar la herencia de tu esposo?

—No, pero tampoco guardarla para la vejez. No estoy disfrutando lo que supuse.

Carlota cesó de aporrear las teclas, se volvió y descargó el sermón.

—Tienes libertad, como era tu sueño. ¿No puedes ir a Balboa o a donde quieras? ¡Búscate un amante!

—¿Y tú que eres?

Carlota esbozó una sonrisa. Judit la estaba hartando. Es que a ella la aburrían pronto, según pretendían fiscalizar su vida. La libertad y la soledad no eran compatibles con la convivencia cotidiana. Y mucho más difícil con alguien con tan poca imaginación como su compañera, un ser prosaico como pocos. Ella únicamente pensaba en el sexo, fuera con un jovencito o con ella.

—¿Por qué no viajamos y te llevas la máquina? —propuso Judit.

—Después —se concentró en la hoja a medio llenar.

Judit alzó los brazos, dio media vuelta y enfiló a la escalera. Regresaría a la cocina y volvería a registrar el refrigerador. Antes de descender, observó la espalda de Carlota, quien estaba enfrascada en un diccionario. Lentamente cerró el puño derecho, puso rígido el índice imitando el cañón de una pistola, y apuntó a la escritora en el eje del torso. Con la boca cerrada, alargó los labios. Emitió un sonido que tan sólo fue eco en su cerebro, a la vez que movía el dedo adelantado.

"¡Pum!".

Dejó escapar un poco de aire por la abertura de la boca roja, apagando el imaginario humo del arma simbolizada por el dedo.

"Me urge eliminarla" pensó parodiando a algún gángster de rostro fiero y pronunciación siciliana "para mudarme a ese mundo que deseo abrazar. Tengo que vivir mi vida, explorar esos mundos que ni siquiera he soñado. ¿No es verdad, Carlota?".

Ésta no prestó atención a la desaparición de Judit, pues estaba cautivada por el perfil sinuoso de una homicida. Encendió un cigarrillo al tiempo que, con un dedo, tecleó las palabras que daban conclusión al capítulo: "Era previsible que ella cometería el asesinato. Aunque su mente le dictase cordura, y un precepto moral intercediese, la necesidad imponía su jerarquía, y la consumación era inevitable. Estaba escrito, y ante tal fatalidad, únicamente restaba una concienzuda elaboración del plan".

Asesinato en la Isla de los gansos de Erlantz Gamboa
se terminó de imprimir y encuadernar en mayo de 2011
en Programas Educativos, S.A. de C.V.
calzada Chabacano 65 A, Asturias DF-06850, México

*Yeana González, dirección editorial; Elman Trevizo, coordinación editorial;
Carlos Betancourt, edición; Gilma Luque, cuidado de la edición;
Sergi Rucabado Rebés, diseño*